Der Cranach Komplott

Kitzingen-Krimi 7

Herstellung und Verlag: BoD – Books on Demand,
Norderstedt
ISBN: 9783754323625

Eigentlich sollte das Buch „Der Cranach ist verschwunden" heißen. Klang mir zu bieder. Dann ab Mitte November schlug das Virus abermals richtig zu. Im Dezember dachte ich über den Titel „Die vierte Welle" nach. „Omikron" wäre auch eine Option gewesen. Schließlich habe ich mich entschlossen den Roman „Der Cranach-Komplott" zu nennen.

Wenn Politik denkt es besser zu wissen als die Wissenschaft

Die Politik hat den Sommer nicht genutzt. Im Dezember und Januar wütete die Pandemie wie nie zuvor, und ein Ende ist nicht in Sicht. Es ist Zeit, über eine Impfpflicht zu diskutieren.

Die Pandemie schien überwunden zu sein, so dachten viele im Sommer 2021 und im Frühherbst auch noch. Corona war nicht mehr das Hauptgesprächsthema. Es gab den Wahlkampf für den Bundestag. Alles war etwas zögerlich. Doch das Virus gab sich nicht geschlagen, und es war alles nicht so einfach. Es gab Impfdurchbrüche, Impfverweigerer, Maskengegner, eine neue Bundesregierung, doch die Intensivbetten füllten sich rasant, und Corona breitete sich flächendeckend aus. Dazu im Dezember die Mutante Omikron, die erstmals im Oktober in Südafrika festgestellt wurde. Niemand dachte in dieser Zeit an einen Krieg in der Ukraine.

Ab dem 9. November wurden die Corona-Regeln deutlich verschärft. Es gelten die Vorschriften der Stufe Rot der sogenannten Krankenhausampel. Das bedeutet, dass es strengere Zugangsregeln für viele Bereiche und Veranstaltungen und eine 3G-Regel nun auch am Arbeitsplatz gibt. Schülerinnen und Schüler müssen ihre Maske auch im Klassenzimmer am Platz tragen. In Bayern liegen aktuell am 30. November 2021 mehr als 600 Corona-Patientinnen und -Patienten auf den Intensivstationen. Somit ist die Voraussetzung für die Krankenhausampel erfüllt. Das bedeutet im Einzelnen 2G statt 3G. Überall, wo bisher die 3G Regel in Kraft war, wird sie durch die 2G

Regel ersetzt. Das betrifft zum Beispiel Veranstaltungen, Kinos, Konzert und Theater, Fitnessstudios und Schwimmbäder. Nur noch Geimpfte, Genese und unter Zwölfjährige haben Zutritt. Einen negativen Corona-Test vorzulegen, reicht nicht mehr. Die Corona Regeln werden permanent neu angepasst. Im Einzelhandel kurz vor Weihnachten 2G und in Fitnessstudios zum Beispiel 2G plus für kurze Zeit. Es ändert sich permanent etwas. Viele Bürger kennen sich nicht mehr aus.

Aufgrund der aktuellen Corona-Lage hat der Bundestag Mitte Dezember Änderungen am Infektionsschutzgesetz beschlossen. Unter anderem müssen Beschäftigte von Kliniken, Pflegeheimen und ähnlichen Einrichtungen bis zum 15. März 2022 einen Nachweis als Geimpfte oder Genesene vorlegen. Ob das wirklich, wegen der angespannten Personalsituation in den Kliniken so kommt sei dahingestellt. Zuvor hatten Bund und Länder angepasste Corona-Regeln vereinbart. Sie gelten als einheitliche Mindeststandards. Für alle Bürgerinnen und Bürger gilt grundsätzlich eine Maskenpflicht überall dort, wo Menschen auf engem Raum zusammenkommen. Es wird weiterhin der Pandemie-Lage angemessene Abstands- und Zugangsregeln sowie Hygienekonzepte geben. In den Schulen gilt eine Maskenpflicht für alle Klassenstufen. Um die Ausbreitung des Virus zu bremsen, gilt an vielen Stellen eine 2G- bzw. 3G-Regel bzw. 2G plus Regel. Einrichtungen und Veranstaltungen der Kultur- und Freizeitgestaltung dürfen nur von Geimpften und Genesenen 2G besucht werden. Ergänzend kann ein aktueller Test vorgeschrieben werden. Das gilt bundesweit und ist unabhängig von der Inzidenz. Dabei gibt es Ausnahmen für Personen, die nicht geimpft werden können.

Auch im Einzelhandel gilt bundesweit und inzidenzunabhängig die 2G-Regel. Ausgenommen sind Geschäfte des täglichen Bedarfs. Der Zugang muss von den Geschäften selbst kontrolliert werden. Was natürlich ein großer Aufwand für die Inhaber bedeutet. Private Zusammenkünfte im öffentlichen oder privaten Raum, an denen Personen teilnehmen, die weder geimpft noch genesen sind, müssen auf den eigenen Haushalt sowie höchstens zwei weitere Personen eines weiteren Haushalts beschränkt werden. Kinder bis zur Vollendung des 14. Lebensjahrs zählen nicht mit.

Nach einer gerade beschlossenen Änderung des Infektionsschutzgesetzes haben die Länder die Möglichkeit, die Personenanzahl bei privaten Zusammenkünften oder sozialen Kontakten nicht nur für Ungeimpfte, sondern auch für Geimpfte und Genesene zu begrenzen.

In Landkreisen mit mehr als 350 Neuinfektionen pro 100.000 Einwohnern in sieben Tagen dürfen sich höchstens 50 Personen bei privaten Feiern in Innenräumen treffen. Im Außenbereich sind maximal 200

Personen erlaubt. Das gilt für Geimpfte und Genesene. Und, und, und. Wer das alles überwachen soll, ist noch nicht ganz klar. Viele Geschäftsinhaber und Gastwirte haben keine Lust mehr und hören einfach auf. Das waren die neuen Verordnungen. Es änderte sich alles schnell, fast täglich wurden neue Regeln und Verordnungen erlassen. So richtig kannte sich, außer den Paragraphenreitern, niemand mehr aus. G3, G2, G2 plus, usw.

Hauptkommissar Arne Hatterer war mit seiner Familie in Kroatien im Urlaub. Mobile Home und Bus, alles hat gut geklappt. Ein kleiner Brand in einem Pinienwald, nur etwa dreihundert Meter vom Campingplatz entfernt, sorgte am vorletzten Tag noch für ein bisschen Nervenkitzel. Die Familie und auch Hatterer selbst wären gerne noch ein paar Tage geblieben. Doch Nachbar Schleret feierte mit seiner Frau ihre goldene Hochzeit, und da waren sie als Nachbarn und Freunde natürlich eingeladen. Großtante Petra sagte dazu im Familienrat, obwohl es schon vor dem Urlaub eine beschlossene Sache war: *Selbstverständlich gonn m'r do hin dat sein m'r d'r Beiden allt schöldich.* Sie stammte aus Köln und hat auch nach 50 Jahren Mainfranken ihren Kölner Dialekt nicht abgelegt.

Die Stadtverwaltung ließ das Museum, aus welchem Grund auch immer, schließen. Sowohl der alte als auch der neue Oberbürgermeister setzten sich persönlich für die Schließung ein. Der neue noch erfolgreicher.

Warum auch immer. Eigentlich machte jeder was er wollte. Dann war plötzlich ein Gemälde von Lucas Cranach dem Jüngeren aus dem Museum verschwunden. Der „Schmerzensmann" war unauffindbar. Eigentlich kein Fall für die Mordkommission von Hauptkommissar Arne Hatterer und seinen Leuten. Hätte es nicht auch eine Leiche gegeben.

Dann war da noch Justin Schlüter, der vor Liebeskummer fast umkam. Mit gebrochenem Herzen lebte er aber weiter. Seine langjährige mütterliche Freundin Hermine gab ihm Halt. Irgendwie kam das gestohlene Bild ins Spiel, dazu eine Affäre mit einem anderen Mann. Nach einiger Zeit fasste er wieder neuen Mut.

Vom Autor erschienen oder in Planung:

Never give up – Ratgeber gesundes Leben

Never give up Teil 2 – Ratgeber gesundes Leben

Im Wendekreis des Virus – Kitzingen Krimi 5

Das Virus schlägt zurück – Kitzingen Krimi 6

Der Cranach Komplott – Kitzingen Krimi 7

Späte Zeit des Glücks – Kitzingen Krimi 1

Ein Leben lang – Roman

Back- und Lachgeschichten – Humor (vergriffen)

Saisonarbeit – Kitzingen Krimi 2

Ende der Weinlese – Fantasy (vergriffen)

Todholz –Kitzingen Krimi 3 (vergriffen)

Deadly Running – Kitzingen Krimi 4 (vergriffen)

Die Personen und die Handlung des Romans sind frei erfunden. Etwaige Ähnlichkeiten mit tatsächlichen Begebenheiten oder lebenden oder verstorbenen Personen wären rein zufällig.

Der Autor, ein gnadenloser Romantiker, hat mit diesem Buch versucht, Liebe und Leid in Zeiten der Corona Pandemie in Worte zu fassen. Dazu eine Prise Mainfränkischer Humor, ein bisschen Krimi und viele Gefühle.

Hatterer

Arne Hatterer ist die Hauptperson in etlichen Krimis und Thrillern, die der Autor bereits verfasst hat.

Im Wendekreis des Virus

Das Virus schlägt zurück

Saisonarbeit

Todholz

Deadly Running

Hier ein paar Zeilen über den Polizeihauptkommissar aus Kaltensondheim, einem kleinen Dorf hinter Kitzingen in Richtung Sommerhausen.

Geboren 1965 in Dettelbach. Abitur in Kitzingen. Im Polizeidienst seit 1985. In erster Ehe verheiratet mit seiner damaligen Kollegin Elsa. In der Ausbildung hatte er es mit dem knorrigen Kilian von Stein zu tun. Der nach einem Skiurlaub in Ischgl im Februar 2020 an einer Corona-Infektion verstarb. Bei einem herbstlichen Betriebsausflug der Kriminalpolizei in Bamberg machte Hatterer auf der Rathausbrücke kniend, Elsa Menzel, unter großem Beifall der mitgereisten

Kollegen, einen Heiratsantrag. Elsa schmiss ihr Herz über die Mauer und nahm diesen ohne zu zögern an. Ihre Hochzeitsreise führte sie nach Curaçao, wo sie mit Delcy Rodriquez nochmal kräftig ihre Hochzeit feierten. Hatterers Sohn aus dieser Ehe wurde nach Delcy Rodriquez genannt, der auch Taufpate des Jungen ist. Rodriquez half Hatterer und Menzel 2018, einen schwierigen Fall zu lösen, der die beiden in die Karibik auf die ABC-Inseln führte.

Elsa verliebte sich dann irgendwann in eine Frau, mit der es sie kurz vor Ausbruch der Pandemie 2020 zu einem Work and Travel nach Neuseeland verschlug. Hatterer lernte einige Monate nach der Trennung von Elsa, bei einem Urlaub auf La Palma, die Einheimische Isabella kennen. Zunächst sah es so aus, als würden die beiden ein Paar werden, doch dann trieb das Heimweh Isabella wieder zurück auf ihre Insel. Wo im Dezember 2021 der Vulkan Cumbre Vieja Asche und Lava über den Westen der Insel ergoss.

Der Hauptkommissar hatte nach den beiden Trennungen mit Depressionen zu kämpfen. Sein Glück war Hildegard Zeiher, die als neue Schreibkraft in der Ermittlungsstelle ihren Job antrat. Sie verguckte sich in Arne Hatterer, obwohl dieser knapp 20 Jahre älter war als sie. Arne war für ihre Liebe dankbar und heiratete sie kurzentschlossen. Im Mai 2021 kam dann die kleine Marina auf die Welt. Hatterer wohnt immer noch in seinem Häuschen in Kaltensondheim. Seine Nachbarn, mit denen er einiges erlebt hat, sind seit vielen Jahren Renate und Herbert Schleret. Hatterer ist sportlich und läuft, wenn es das Wetter und seine Zeit zulassen, von Kaltensondheim zur Dienststelle in die Kitzinger Landwehrstraße.

Hatterer hat das Jahr 2022 als Jahr des Mittelfingers und der Geräuschunterdrückung ausgerufen. Jedenfalls in seinem Kopf. Er will einen Gang zurückschalten. News, Infos, Freizeitstress, Gossip und 24/7 einfach von allem weniger. Wenn der Kopf bereit ist, dann ist es ganz einfach. Auch der Tratsch in den Social Media braucht er nicht. Er hofft, dass er sich dann wieder besser fühlt. Öfter mal ins Fitti und mehr mit der Familie unternehmen.

Justin

Eine neue Figur im Neuen Buch. Er wurde 1962 geboren. Besuchte die Volksschule, danach Handelsschule, Banklehre und Anstellung bei einer großen Versicherung. Für einen deutschen Konzern hatte er einige Jahre in Südamerika zu tun. Drei Jahre Chile und vier Jahre Argentinien. Dann Simulant, erzwungener Vorruhestand. Nie verheiratet, einige Freundinnen mit und ohne sexuelle Beziehung. Großer Rückhalt für ihn ist seine Nachbarin Hermine Zuckermandel, die ihn immer wieder aufbaut, wenn es ihm schlechtgeht, und das tut es ziemlich oft. Er war manchmal schon ein bisschen Hypochonder. Hermine hatte den kleinen Justin schon Anfang der Sechziger als Babysitter betreut. Daher die große Zuneigung für Justin. Auch er spürte, dass da mehr war als nur die bloße Nachbarschaft.

Er half Hermine nach ihrem schweren Unfall als einziger durch die harte Zeit. Kaufte ein, führte Erich den Schäferhund Gassi, schenkte ihr seine Zeit und machte mit ihr die ersten Gehübungen. Er war als Chauffeur stets zur Stelle, wenn sie ihn brauchte. Er trug ihre Kameraausrüstung, wenn es sie überkam, einen grandiosen Sonnenaufgang zu fotografieren. Er kaufte ein, meistens beim Discounter, brachte ihren

Müll hinunter. Stellte an den richtigen Tagen die Tonnen zum Leeren hinaus, an den Straßenrand. Hermine wird nie vergessen, was er alles für sie machte und zum Teil immer noch tut. Irgendwann wird sie ihm erzählen, wie sie früher seine vollgekackten Windeln wechselte. Sie wusste nur nicht, wann der richtige Zeitpunkt dafür kommen würde. Justin war für sie wie ein Sohn. Beide waren große Rockmusikfans. Jimmy Sommerville, Simple Minds, INXS und seit ein paar Jahren noch Biffy Clyro. Justin nahm Hermine mit zu den großen Festivals wie Rock im Park, Taubertal-Openair oder U&D Würzburg. Ein Höhepunkt ihrer gemeinsamen Konzertreisen war das der Foo Fighters in Hamburg. Hermine wiederum unterstützte ihren Zögling finanziell, nach ihren Möglichkeiten halt, und kümmerte sich um den ganzen schriftlichen Kram. Sie verstanden sich blind. Der eine ging für den anderen durchs Feuer, wenn es darauf ankam.

Mehr als nur Gelebte Nachbarschaft.

Justin ist einigermaßen trainiert. Im Sommer mehr als im Winter. Im Sommer schwimmt er viel und fährt mit dem E-Bike durch die Gegend. Außerdem spielt er gerne Schach.

Lieblingsessen: Himbeereis.
Lieblingsgetränk: Seit Lindau Wodka, vorher Bier und Wasser. Ab und zu einen Tee oder Kaffee

Lieblingsauto: Ford Scorpio

Am Anfang der Pandemie 2020 traf er dann mehr aus Zufall seine Große Liebe. Und konnte sein Glück kaum fassen. Doch nach einem Jahr beendete die Angebetete die Beziehung, und für Justin schien eine Welt zusammenzubrechen Auf andere Gedanken kam er erst, als sein Freund Bodo Schilling mit einem Bild bei ihm anrückte, er sich eine neue Brille kaufen musste und einige weitere Begebenheiten ihn wieder ins normale Leben zurückführten.

Die vierte Welle.

Danach Omikron.

August 2021. Die meisten Menschen dachten, Corona sei Geschichte. Sie lebten und genossen ihr Leben wieder wie in früheren Zeiten. Fast alle Maßnahmen wurden von der Bundes- bzw. Staatsregierung aufgehoben. Einzig die Maskenpflicht für das Einkaufen in den Geschäften oder bei Behördengängen und ähnlichem war noch Pflicht.

Der hochrangige Beamte der Kitzinger Stadtverwaltung Alf Röber stöberte im stillgelegten städtischen Museum Kitzingens nach etwas ganz Besonderem. Er suchte nach dem Kitzinger Schmerzensmann, ein Gemälde aus der Werkstatt Lukas Cranach d. J. Ein Liebhaber der Cranach Malerei hatte zu ihm diskret Kontakt aufgenommen und bot eine hohe sechsstellige Summe.

Bodo „Ringo" Schilling schreckte aus tiefem Schlaf auf. *Fuck bin tatsächlich eingeschlafen.* Er sprang aus dem Bett, rannte ins Bad und suchte dann seine Klamotten zusammen. Es war eine stürmische Liebesnacht mit Maria, die ihm alles abverlangt hatte. Maria lag nackt auf dem Bauch und streckte ihm ihren wohlgeformten Hintern entgegen. Am liebsten wäre er nochmal zu ihr in das Bett gehüpft. Doch er musste los. *Wie soll ich das Mareike beibringen.* Dachte er. Das war seine größte Sorge im Moment. Er vögelte gerne und viel, mit verschiedenen Frauen, was ihm immer wieder Unannehmlichkeiten einbrachte. Doch irgendwie hielt er seiner angetrauten Frau immer die Treue, wenn man das so nennen kann. Er hätte sie nie verlassen. Er gab Maria einen Kuss auf den Po und rannte die Treppe des dreigeschossigen Mietshauses hinab. Als er ins Auto einstieg, sah er den nicht mehr so frischen Rosenstrauß auf dem Rücksitz, den er für Maraike zum Hochzeitstag gekauft hatte. Er gab Gas und ließ Gerolzhofen schnell hinter sich. Frankenwinheim, Krautheim, Obervolkach. Auf der Umgehungsstraße von Volkach überholte ihn ein Polizeiauto *Bitte folgen* leuchtete auf. *Was wollen die jetzt von mir,* dachte er.

Steigen sie bitte aus dem Fahrzeug, Ihre Papiere bitte! Sagte der Größere von den beiden Streifenbeamten. *Wissen sie, dass sie vermisst werden? Ihre Frau Gemahlin hat bei uns angerufen und sie als abkömmlich gemeldet! Haben sie getrunken? Wir möchten mit ihnen einen Alkoholtest machen, um ihre Fahrtüchtigkeit zu überprüfen. Sie können den natürlich verweigern, denn das „Pusten" ist bei uns in Deutschland grundsätzlich freiwillig!* Bodo rieb sich die Augen *Hier kräftig reinblasen! Dann rufen sie bitte ihre Frau an und sagen ihr, dass alles in Ordnung ist.* Bodo überlegte kurz *Shit was soll ich da jetzt sagen.*

Schatzi alles okay bei dir? Ich bin gleich zu Hause, bin im Auto eingeschlafen, setz schon mal Wasser für den Kaffee auf. Er trank am liebsten und fast ausschließlich frisch gebrühten Kaffee. Er wartete nicht auf ihre Antwort und drückte das Gespräch weg. *Kann ich weiterfahren! Bitteschön hier sind ihre Papiere, und lassen sie sich was Gscheiteres einfallen für ihre Gemahlin.* Der Streifenpolizist schmunzelte, als er das sagte.

*Spinatwachtel dachte Bodo, gab richtig Gas und fuhr mit quietschenden Reifen davon.

Kennst du den Typen? fragte Rudi Weingart seinen Kollegen Elmar Siebenkäs. *Du nicht?* Weingart zuckte mit den Schultern und setzte einen fragenden Blick auf. *Das war Bodo Schilling, genannt Ringo, ein Weiberheld, wie er im Buche steht. Von Frauen umschwärmt von Ehemännern gefürchtet. Dazu ein *Bimberleswichtig aller erster Güte. Erst letzte Woche mussten wir einen Streit schlichten, bei dem der *Dollag von einem Moldawier eins auf die Maske bekam, weil er dessen Frau in der Firma angebaggert hatte. Er verzichtete auf eine Anzeige, obwohl ihm der Moldawier so richtig eins auf seine Visage gegeben hatte. Seine Frau tut mir leid. Wieso aber Ringo? – Hast du nicht die Ringe gesehen. Der hat an jeden Finger einen Ring, sogar am linken Daumen. – Ah so!* Kam es lapidar vom Kollegen Weingart.

Aber was wird das für ein Tag, die Sonne räkelte sich durch die wenigen Schäfchenwolken. Der Himmel war so blau, wie das Meer bei Mallorca funkelte. Bodo wollte mit seiner Gattin Maraike spazieren gehen, so wie es die beiden immer an ihren Hochzeitstag machten. Danach in Eibelstadt schick essen gehen und dann, naja, was man halt an seinem Hochzeitstag so macht.

Doch heute war Maraike nicht mehr in der Wohnung. Ein Zettel lag auf den Tisch. – Steck *dir deine abgefuckten Rosen sonst wohin. Ich habe die Nase voll von deinen Eskapaden mit den ganzen anderen Tussen. Alles weitere nur noch über meinen Anwalt.*

Bodo machte ein verdrießliches Gesicht und setzte Wasser für den Kaffee auf. Dann bereitete er sich sein Müsli. Auf gesunde Ernährung legte der Kunstkenner und Frauenheld großen Wert. Neben Ingwer und Karotte rieb er auch immer ein wenig Kurkumawurzel hinein, die seinen Daumen und Zeigefinger ständig gelb färbten. Sein erster Gedanke war, dass er das Gemälde wegschaffen musste. Wie er seine Gattin kannte, wird sie bald mit irgendjemandem anwackeln, um den Bestand aufzunehmen, um festzustellen, was sie aus der gemeinsamen Wohnung mitnehmen kann. Scheiß Spiel dachte er. Aber er war selbst schuld, das wusste er. Es war nur eine Frage der Zeit, bis seinem Schatzi der Geduldsfaden riss, bei den Liebschaften, die er sich in den letzten Jahren leistete.

Ein anderer Ehebrecher (was für ein hartes Wort) läuft da gerade über die alte Mainbrücke. Der Job ruft Alf Röber, im Ohr seine Bluetooth Kopfhörerstecker. Einen seiner all time favorites von Neil Young – Old Man hatte er voll aufgedreht. Das Wetter war eigentlich viel zu schön um zu arbeiten, dachte er sich. Nachdem ihm von oben signalisiert wurde, dass die Satzung des Städtischen Museums Kitzingen im November aufgehoben wird, war der Weg frei für seinen geplanten Clou.

Gestern hatte er mit dem Industriellen gesprochen, der bereit ist, für den Cranach 250.000 Euro in cash hinzublättern. Aber nur, wenn alles geräuschlos über die Bühne geht. Das war die Voraussetzung und der Deal. Vielleicht auch der Haken.

Er freute sich auf seine Amoureuse in der Mittagspause. Aber erst die Arbeit, dann das Vergnügen. Er muss mit Ringo sprechen. Sie brauchen einen Plan. Der darf nicht zu kompliziert sein. Er kannte die beiden anderen Komplizen nicht, von denen Ringo gesprochen hatte. Wusste nicht, was das für Lappen waren. Ringo war sein Mann. Seine Ehefrau hatte ihn heute Morgen überrascht, als sie ihm eröffnete, dass sie sich bei der VHS für einen Schnitzkurs für Holzmodeln angemeldet hatte. *Soll sie, wenn das für sie die Erfüllung ist.* Vor einigen Monaten war es noch

25

so, dass er seine Frau begehrte, diese am Sonntagmorgen aber lieber den Gefrierschrank abtaute, als mit ihm Sex zu haben.

Er brauchte nach wie vor kuscheligen Sex, den ihm Emilia ohne Umschweife und mit viel Liebesgeflüster gab. Emilia war eine lebensfrohe Frau, schon lange geschieden, keine Kinder. Sie verspürte keinen Drang, sich besonders aufzubrezeln. Doch auf den zweiten Blick kam sie äußerst attraktiv rüber. Sie ist bestimmt nicht das, was man als graue Maus bezeichnet. Unauffällig bewegte sie sich durch Kitzingens Straßen, meist unifarben bekleidet, ohne auffälligen Schnickschnack. Sie hatte einen Job in der Außenstelle des Landratsamtes im digitalen Bürgerbüro. Im harten Corona-Winter 2020 hatte sie im Homeoffice gearbeitet. Auch sie freute sich auf das Schäferstündchen mit Röber in der Mittagspause.

Justin hingegen dachte da schon an Halloween und kaufte in einem Discounter für sich und seine betagte Nachbarin Hermine Süßigkeiten. Gummi-Glubschaugen, Trolli Mini-Dracula, Süßigkeiten-Mix-Tütchen, Center Shock Scary-Mix, Gummi-Taranteln, Toxic Waste Mix, Warheads, Pechkekse und einiges mehr. Bevor er ging, rief Hermine zum Fenster raus, dass er ihr ein paar *Knäuderli vom Bauseweins Metzger mitbringen solle und *wenn es dir nix ausmacht, ein Netz Zitronen, die sind beim Lidl heute im Angebot.* Justin schwingt sich auf sein E-Bike und fährt los.

Ende August fuhr Familie Hatterer-Zeiher nach Kroatien in den Urlaub. Mit dabei Großtante Petra, der sechsjährige Delcy, Arnes Sohn aus erster Ehe, seine frisch vermählte Ehefrau Hildie und die kleine Marina. Hauptkommissar Arne Hatterer hatte im Januar die neue Schreibkraft der Kitzinger Dienststelle Hildegard Zeiher geheiratet. Er hatte sie alsbald geschwängert, und im Mai erblickte Marina das Licht der Welt.

Kein einziger Regentag trübte die Stimmung, das Meer war warm und die kroatische Küche sehr lecker. Sie machten von Navalja aus Ausflüge nach Zadar und Split. Fuhren mit einem Boot aufs Meer hinaus zum Schnorcheln und genossen die kroatische Sonne. Der Campingplatz in Navalja war recht groß. Es gab Wohnmobilstellplätze, Mobile Homes, Zeltplätze und einiges mehr. Auf dem Gelände gab es zwei Bäckerei-Filialen, zwei Supermärkte, drei Strand-Cafés, eine Pizzeria und eine andere große Gaststätte. Es gab Modeschauen, Yogakurse, für die Füße gab es sogar die Möglichkeit sich von knabbernden Fischen in einer Wanne die Hornhaut abzotteln zu lassen, E-Bike-Exkursionen und vieles andere mehr. Natürlich auch alles, was man am Wasser unternehmen kann. Sie fühlten sich wohl, und die Zeit ging viel zu schnell vorbei. Auch die An- und Abreise verliefen easy, ohne größere Staus auf den Autobahnen oder vor den Tunnels.

Seinem eng befreundeten Nachbar Herbert Schleret brachte Hatterer eine Flasche Maraska Šljivovica mit. Ein erstklassiger Obstbrand aus reifen Pflaumen. Nachbarin Renate freute sich über eine Salzblume im Einmachglas. *Dat jet janz feines e richtige Tillekateß* trälerte Großtante Petra in ihrem kölschenen Dialekt. Sie waren wegen des goldenen Hochzeitstages der beiden einige Tage früher aus dem Urlaub zurückgekehrt. Die Tochter der beiden Nachbarn lebte in Australien und konnte wegen der Pandemie nicht dazukommen. Sodass Hatterer und seine Familie die einzigen Gäste bei der feuchtfröhlichen Party waren.

Den Urlaubsausklang verbrachte die Familie nach dem Golden Wedding zusammen in Mainfranken. Neben einem Besuch im Sommerhäuser Tierpark auch noch einige Nachmittage bei herrlichem Sommerwetter auf der Terrasse des Kitzinger Freibades. Es war sehr schön dort. Tante Petra traf einige ihr bekannte Frauen aus früheren Tagen und ratschte fast den ganzen Tag über vergangene Zeiten. Arne zog seine Bahnen im 50m-Becken. Beobachtete Jungs und Mädels, die beim Springen vom Zehnmeterturm wahre Kunststücke vollbrachten. Mit Dirk Schode, dem Verkäufer eines großen Brillendiscounters, kam er ins Gespräch über die neuesten Trends und Angebote. *Facettenreiche Brillen in heller Schildpatt-Optik oder Bold Acetat, Brillen mit starken Konturen und breiten Kunststofffassungen, wir haben da eine sehr große Auswahl. Herr Kommissar zu ihnen würde eine Zeitlose Brille mit ultrafeinen Rahmen passen. – Danke. Gott sei Dank brauche ich nur zum Lesen eine Brille.*

Hatterer hatte Dirk Schode einmal in einem speziellen Fall als Zeugen befragen müssen. Es ging um einen tödlichen Unfall, der sich vor einigen Jahren auf der Staatsstraße von Schwarzach nach Volkach zutrug. Bei dem ein 66-jähriger Rennradfahrer wahrscheinlich von einem überholenden Auto berührt wurde. Aus nicht geklärter Ursache kam es jedenfalls zu einer Kollision zwischen dem Auto und dem Rennrad. Der Rennradfahrer stürzte und zog sich dabei lebensgefährliche Verletzungen zu. Er verstarb wenig später im Krankenhaus. Dirk Schobe war Augenzeuge und Ersthelfer und belastete den SUV-Fahrer, der die Kollision auslöste, schwer.

Hatterer grüßte hinüber zu Eva Kraus und Gabriel Dietz, einem älteren Paar, das sich augenscheinlich auch noch sehr liebhatte. Auf zwei Sonnenliegen machten sie es sich bequem. Auch diese beiden kannte er von früher, aus einem seiner vielen Fälle, die er im Laufe der Jahre hier in Kitzingen löste.

Dann fielen ihm noch zwei gutgelaunte, ziemlich lautstarke, braungebrannte rollige Seniorinnen jenseits der Sechzig auf. In ihren Push-Up-Badeanzügen machten sie offenkundig einige Männer mittleren Alters auf den Stufen der Schwimmbad-Terrasse heiß. Es kam ihm jedenfalls so vor. Die eine der beiden war richtig schön braungebrannt, hatte ein tolles Dekolleté in ihrem hübschen azurblauen Badeanzug. Mit dem überdimensionierten Sonnenhut sah sie aus wie eine der unvergessenen Schauspielerinnen der Sechziger Jahre. *Eine richtige Diva.*

Hildie und ihre kleine Marina gingen meistens um 13 Uhr nach Hause, bevor die ungewöhnliche Spätsommerhitze einsetzte. Arne kam mit dem alten Hercules-Fahrrad am Abend nach.

Die Menschheit gedachte am 11. September dem 20. Jahrestag der Anschläge auf das World Trade Center in New York. Hatterer hatte es Live im Fernsehen mit anschauen müssen. Jedenfalls wie der zweite Flieger einschlug. Am 11. September musste er außerdem an eine ganz liebe Frau denken, die an diesem Tag Geburtstag hat. Aber das ist wieder eine andere Geschichte.

Heute machte er es sich auf der bereitstehenden Sonnenliege bequem. Noch ein paar Tage, dann ist der Urlaub auch schon wieder vorbei. Er beobachtete Delcy, der mit Großtante Petra im Wasser des Nichtschwimmerbeckens plantschte und erste Schwimmübungen, ohne Schwimmreifen machte. Auch herrlich geformte Badenixen fanden sein Interesse. Ab und zu vielen ihm die Augen zu und er nickte ein wenig ein. Er lauschte aber auch gerne den anderen Leuten, die sich auf der Terrasse tummelten. Die sonnenbebrillte Sabine erzählte von ihrer kiffenden Tochter und den Problemen, die sie zurzeit mit der Justiz hatte. Außerdem suchte sie eine Werkstatt, die ihren in die Jahre gekommenen BMW günstig reparieren könne. Justin Schlüter, ein stadtbekannter Lebenskünstler, empfahl ihr einen Schrauber in Dettelbach. Xaver, der alte Kokser, erzählte irgendetwas von seinen Lieblingsbiersorten und, dass er eine sexuelle Beziehung mit Sabine gehabt habe. Was Sabine mehr aufregte als es ihr peinlich war. Hubertus Wolf war vor seinem Ruhestand Anisplätzchenbäcker in einer Großbäckerei in Mainbernheim und fachsimpelte mit Marco, einem arbeitslosen Bäcker aus Dettelbach, über verschiedene Möglichkeiten, diese Plätzchen herzustellen. Marco schwärmte von den Muskazinen, eine Dettelbacher Spezialität. – D*a muss ich passen,* sagte Hubertus. Otmar aus Niederbayern, mit viel zu knappen Badehöschen unterwegs, stellte kleine Stoffbärchen in einen Geranienkasten. Es scheint so eine Manie von ihm zu sein. Eine junge Frau mit Traumfigur unterhielt sich am Handy lautstark auf Russisch. Klemens, der Esoteriker, erklärte Knut, der gerne seinen dicken Bauch zur Schau stellte, dass der menschliche Körper auf 800 Jahre ausgelegt sei. Dazu muss man allerdings dreimal geboren werden, deshalb will er sich auch nicht verbrennen lassen. *Was für ein Schwachsinn* dachte Hatterer. Innerlich grinste er sich einen, wie man sich sehenden Auges mit solchen Äußerungen noch mehr ins Abseits stellen kann als man es ohnehin schon ist. Dann kam es noch dicker. Klemens stellte allen Ernstes fest, dass die Gärtner und Bauern in ihren Spritzmitteln Impfstoffe gemischt bekommen. *So wird unsere gesamte Bevölkerung abhängig von dem Zeug gemacht. Corona eine einzige Lüge.* Otmar aus Niederbayern sagte dann zu Klemens *bei uns heißt Esoterik noch Marienerscheinung. Du machst wirklich ein Schmarri zam.*

Anett versuchte es dann diplomatisch und meinte zu Klemens, dass doch alles zu teuer sei, und sie glaube das nicht mit dem Spritzmitteln auf den Äckern.

Dem braungebrannten Sigmund war das Labern ziemlich egal, ihm fehlte nur noch ein Nagelbrett, um als Fakir durchzugehen. Er stammte aus der ehemaligen DDR und seine Eltern haben ihn wohl wegen Sigmund Jähn so getauft. Dieser war ein deutscher Jagdflieger, Kosmonaut und Generalmajor der NVA. Er flog als erster Deutscher in den Weltraum. Um so tiefbraun, um nicht zu sagen schwarz zu werden wie er, musste man sich seiner Meinung nach mit Kokosöl einölen. Anett erzählte, um von Klemens' Geschwafel abzulenken, von ihrem Job bei einem Kartonagen-Hersteller. Die Rohstoffe werden knapp. Angefangen hätte es mit dem Auflaufen des Containerschiffs „Ever Given" im Suezkanal im März.

Dann plötzlich ein lauter Knall, Hatterer zuckte zusammen. Es hörte sich an wie ein Schuss aus einer kleinkalibrigen Pistole. Doch es war nur der Korken einer Sektpulle, den feierwütige Russen in die Luft gejagt hatten. Dann schepperte es noch einmal am Kiosk. Einem kleinen Jungen fielen die frischen Pommes Frites samt Schüssel auf den Boden. Er fing lauthals zu weinen an. Seine Mutti kam gespurtet und tröstete ihn mit einer neuen Portion. Der junge Wirt kehrte, schlecht gelaunt, Scherben und Pommes zusammen.

Lustig wurde es immer besonders auf der Terrasse, wenn der wohlbeleibte Metzgermeister Manfred Wächerich seine gefürchteten Arschbomben vom Dreimeterbrett zelebrierte. Die Menschen auf den Stufen der Terrasse johlten. Es ist schön, wenn Menschen zusammen lustige Dinge tun. Nur Annalena, eine Autistin, die immer mit Kopfhörer durch die Welt marschiert, kann solchen außergewöhnlichen Sachen nichts abgewinnen. Sie trägt selbst im Supermarkt ihre geliebten Mickey Maus-Kopfhörer. Justin fragte sie mal an der Discounter Kasse, warum sie auch beim Einkaufen die Dinger trägt. Sie antwortete zögerlich *ich kann keine Menschen mehr hören*. Was die Pandemie aus Menschen machen kann.

Justin möchte Anfang Oktober nochmal in die Sonne fliegen. Er hat Mallorca gebucht. Eine Zeitlang hatte er guten Sex mit der Diva im azurblauen Badeanzug gehabt. Ihre Peppermint angereicherten Blowjobs waren sensationell. Als sie mit ihm Schluss machte, verstand er die Welt nicht mehr. Sie war jetzt mit einem Typen zusammen, der zwar wenig Zeit für sie hatte, aber eine große Villa in der besten Wohngegend von Kitzingen besaß. Da waren Justins Chancen vorbei. War ihm aber mittlerweile egal. Er fühlte sich in ihrer Nähe geborgen. Eigentlich wollte er nur Sex mit ihr haben, hat er sich später eingeredet, das machte halt jetzt ein anderer. Aber so einfach war es dann doch nicht. Als Margarete ihm eröffnete, dass sie einen anderen Mann kennengelernt habe, wurde sein Herz zu Stein. Er hatte sie geliebt wie keinen anderen Menschen zuvor. Er wollte sich im Liebeskummer von der Eisenbahnbrücke stürzen oder sich vor den Zug schmeißen. Er hatte Glück, ein Servicetrupp der Bahn holte ihn unversehrt von der Brücke. Er konnte nachts nicht schlafen, wusste nicht mehr, was er machen sollte. Sein Körper schüttete kaum noch Dopamin aus, es kam zu depressiven Verstimmungen und Ängsten bis hin zu Panikattacken. Innerer Stress und Verlustängste waren die Folgen. Justin hatte keinen Appetit mehr und nahm ab. Er war abgemeldet. Selbst seine Nachbarin Hermine, die immer ein offenes Ohr für ihn hatte, wusste keinen Rat. *Junge wo bist du da wieder reingeraten,* war ihr universeller Standardsatz in solchen Fällen. Nach vier quälenden Wochen erholte sich Justin langsam. Er akzeptiert den gefühlten Schicksalsschlag.

Eines Tages brachte sein Freund Schilling den Cranach vorbei, das brachte ihn zwangsläufig auf andere Gedanken.

Margarete hatte es indes bis zum Rentenalter geschafft, doch die Euphorie darüber war bei ihr so langsam verflogen. Ihr wurde bewusst, dass alles, was jetzt noch kommt, sie dem Tod unaufhaltsam näherbringt. Manche Menschen kommen mit dieser Erkenntnis zurecht, andere verbittern. Margarete gehörte zu der Sorte Menschen, die all das Nachholen wollen, was sie versäumt zu haben glauben. Zeit ist halt die letzte Währung. Justin konnte nicht wissen, dass Marga, wie Margarete von ihren echten Freunden genannt wurde, ihn ebenfalls liebte. Ihre Liebe zu ihm reichte aber nicht aus, ihrem jetzigen Liebhaber zu widerstehen. Es muss ein magisches Date gewesen sein. Eine laue Spätsommernacht. Das Open-Air-Konzert war schon lange zu Ende und der Morgen kündigte sich bereits an. Sie träumten und redeten die ganze Nacht, und der Höhepunkt fand in Margas Bett statt. Stunden später war die Beziehung mit Justin Geschichte. *Er war ein guter Mann, trotz allem* dachte sie im Nachhinein. *Jetzt war es aber zu spät um zu philosophieren. Jeder lebt für sich allein.*

Dann war da noch Fridolin, ein siebzigjähriger Rentner auf der Schwimmbadterrasse, der um 16 Uhr immer aufgeregter wurde und auf die kleine Schwimmbadbrücke, die über den Mondsee führt, starrte. Er erwartete seine Ehefrau, die noch nicht im Rentenalter war und jeden Tag das Mittagessen verspätet mitbrachte. Die beiden lebten auf einem anderen Stern. Arne Hatterer amüsierte sich prächtig, er fühlte sich unter all den Individualisten pudelwohl.

Es war der 17. September, als ein Anruf von Marlene, Hatteres Stellvertreterin in der Kitzinger Ermittlungsgruppe, ihn erreichte. Diebstahl im Kitzinger Stadtmuseum. *Ich bin am Montag wieder im Büro.*

Auch Justin bekam einen Anruf. *Ich fliege aber erst nach Mallorca. Du kannst es bei mir deponieren. Alles gut. Komm heute Abend vorbei.*

Schleret hatte die Nachbarn zu einem seiner legendären Grillabende eingeladen. Es waren die letzten Spätsommerabende, an denen man sowas machen konnte. Es war eine Art Nachfeier zur Goldenen Hochzeit. Die leuchtend roten Früchte der Eberesche kündigten die letzte Phase des Sommers an. Oder war es bereits Frühherbst? Hatterer, Hildie, Renate, Petra und Herbert genossen Bratwürste und Schweinbauch, Kartoffelsalat und frisches Baguette. Zu trinken gab es Huppendorfer, Sommerhäuser Silvaner und Iphöfer Müller-Thurgau.

Währenddessen saß Justin grübelnd zu Hause und sinnierte darüber, ob es wirklich innige Liebe war, die er für Hermine empfand, und die Marga schließlich dazu veranlasste, sich einen neuen Macker zu suchen. Er zweifelte daran. Marga stand unterdessen mit ihrem neuen Liebhaber auf dem Iphöfer Marktplatz, um diesen in die Geheimnisse guten Käses einzuweihen. Es war Markttag in Iphofen.

Es klingelte. Justin öffnete die Türe. Bodo Schilling stand im Eingang des etwas heruntergekommenen Hauses in der Fischergasse. Unkraut wucherte in den Ecken und Höfen der alten Häuser. Es stand in direkter Nachbarschaft zu dem Haus, in dem um 1650 Johann Rudolph Glauber, der Erfinder des Glaubersalzes, experimentiert hatte. *Komm rein. Was hast du da Schönes?* Bodo wollte nicht zu viel verraten. *Es ist ein Gemälde, das ich bei dir zeitweilig unterstellen möchte. Meine Alte will sich von mir scheiden lassen, und ich will nicht, dass sie es in die Finger bekommt.* Justin runzelte die Stirn, w*ieso will sie sich scheiden lassen?* Schilling lachte bitter auf. *Du bist gut, du kennst doch meine Passion, mit anderen Frauen zu vögeln.*

Es war der Kitzinger *Schmerzensmann* aus der Werkstatt Lukas Cranachs des Jüngeren. Das Gemälde war der jungen Museumsleiterin bereits 2002 in den Beständen des Kitzinger Stadtmuseums als Cranach aufgefallen. Da das Bild jedoch von einem honorigen Kitzinger Kulturwissenschaftler als moderne Fälschung abgetan wurde, blieb sein Alter fraglich. So kam es, dass es erst Jahre später, im November 2017 anlässlich einer Ausstellung zur Reformation der Kitzinger Öffentlichkeit als möglicher Cranach präsentiert wurde. Da die Meinungen zu dem Bild nach wie vor geteilt waren, sollte der Echtheitsbeweis durch eine naturwissenschaftliche Altersbestimmung erbracht werden. Hierzu wurde das auf Holz gemalte Bild im Dendrolabor des Landesamtes für Denkmalpflege in Thierhaupten beprobt und analysiert. Ziel der Untersuchung war es festzustellen, aus welcher Zeit der hölzerne Bildträger stammt. Den Spezialisten gelang es tatsächlich nachzuweisen, dass das Holz der Tafel in das letzte Drittel des 16. Jahrhunderts datiert. Das Bild stammt also aus der Schaffenszeit der Künstlerfamilie Cranach, doch kann die Werkstatt von Lucas Cranach d. Älteren ausgeschlossen werden. Die Datierung des Malgrundes aus Lindenholz fällt indessen in die späte Schaffensphase von Lucas Cranach d. Jüngeren. Dieser wurde 1515 in Wittenberg geboren. Bereits 1537 übernahm er die Werkstatt des Vaters, die bis zu seinem Tod im Jahr 1586 religiöse Gemälde für einen protestantischen Abnehmerkreis anfertigte. Darunter der Kitzinger *Schmerzensmann.*

Okay stells da hinten hin, ich räume es später in den Keller wenns recht ist. Bodo verzog das Gesicht, ihm wäre es lieber gewesen, wenn er gesehen hätte, wo und wie Justin das Bild aufbewahren würde. *No problem, alles im Lot bei dir, du alter Schwerenöter?*

Wann fliegst du? Justin musste lachen. *Dein aus-schweifendes Liebesleben würde ich nicht lange durchhalten. Morgen früh geht's los. Ich fahre mit dem Zug nach Nürnberg. Dann die U-Bahn-Linie U2. Die verbindet den Hauptbahnhof direkt mit dem Flughafen. Die Fahrzeit vom Hauptbahnhof zum Airport beträgt nur zwölf Minuten.* Jetzt lächelte Bodo. *Okay. Naja, bin ja auch noch ein paar Jährchen jünger wie du. Aber lass mal, du bekommst auch wieder eine ab, vergiss die Alte aus dem Schwimmbad und schönen Urlaub auf Mallorca.*

Nach einer Woche war Justin wieder zurück aus Porto Christo auf Mallorca. Wärmende Sonnenstrahlen auf seiner Haut. Er liebte das. Die Frühherbstsonne war noch kräftig. Justin rückte seinen Fernsehsessel in den lichtdurchfluteten Bereich seines Wohnzimmers, die Türe zur Terrasse geöffnet, sich eine Tasse Kaffee aufgebrüht und dachte mit geschlossenen Augen an Katharina. Wahrscheinlich war es ihr leidenschaftlicher Kuss, der ihm die leichte Erkältung bescherte. Schon vor dem Hinflug nach Palma hatte sie ihn im fast menschenleeren Nürnberger Flughafen angesprochen, ob sie neben ihm Platz nehmen dürfe. Als sich ihre Augen trafen, spürte Justin eine wohlige Wärme im Bauch. Das Gespräch am frühen Mittwochmorgen, auf der harten Airportbank kam nur zögerlich in Gang. Doch als sie ihn immerzu anstrahlte, wurde er redseliger. Die Frau stammte aus Kirgisien und war

Spätaussiedlerin. Stalins Horden hatte ihre Familie im zweiten Weltkrieg von der Halbinsel Krim nach Mittelasien zwangsumgesiedelt. *Nur zwei Jahre älter als ich*, dachte Justin, *sie sieht jünger aus und vor allem erscheint sie sehr gepflegt.*

Dann öffnete der Schalter, und eine schlecht gelaunte Bodenstewardess verweigerte Justin das Einchecken. Er hatte auf seinem Smartphone keinen gültigen QR-Code für Spanien. Mit zittrigen Fingern dachte er jetzt daran, wie überfordert er doch war. Scheiße. Hatte er doch am Vorabend alles online mit der App gecheckt. Hilfesuchend wandte er sich an Katharina. Sie lächelte milde, *darf ich mal.* Es dauerte keine fünf Minuten, und er konnte ebenfalls den Schalter passieren. Die Frau fragte nach seiner Sitzreihe. *Reihe 20 E. – Lustig, dann sitzen wir ja nebeneinander*! Er kann sich noch genau an ihr süßes Lächeln erinnern. Sie schien ebenfalls ein wenig aufgeregt zu sein. Er erinnert sich, wie sie seine Hand festgedrückt hielt, als das Flugzeug abhob. Am Airport trennten sich ihre Wege. Er hatte ein kleines Apartment in der Nähe von Porto Christo gebucht, sie wohnte in einem Hotel in Palma. *Ich komme Sie mal besuchen!*

Der Kaffee war inzwischen kalt geworden.

Justin machte ein kurzes Nickerchen, als der schrille Ton der Türklingel ihn weckte. Er öffnete, ein Mann, schon etwas älter, braungebrannt, stellte sich ihm vor als Arne Hatterer, Ermittlungsgruppe der Polizei Kitzingen. *Sind Sie Herr Schlüter und kennen Sie einen Bodo Schilling? Unseren Informationen nach sollen Sie ein guter Freund von ihm sein.* Irgendwie kam ihm Justin bekannt vor. Er glaubte ihn auf der Schwimmbadterrasse gesehen zu haben.

Justin schnaufte tief durch, *Herr Schlüter*, dann nuschelte er, natürlich kenne er Bodo Schilling. Er habe ihn aber seit einiger Zeit nicht mehr gesehen. Er sei bis vor kurzem im Urlaub auf Mallorca gewesen. *Wann haben sie ihn zum letzten Mal gesehen?* Justin zögerte diesmal nicht. *Kann ich Ihnen jetzt gar nicht genau sagen, aber vier Wochen ist es bestimmt schon her. Ich glaube, es war im Freibad. Aber wieso fragen sie mich das?* Justin hörte ein kurzes Räuspern, dann den niederschmetternden Satz, dass Bodo Schilling steckbrieflich gesucht werde. *Sagen Sie mal, lesen Sie keine Zeitung?* Jetzt holte Justin aus. *Wieso soll ich noch Zeitung lesen, die Texte sind zu lang und die Bilder zu schlecht und aktuell ist sie auch nicht mehr. Die 400 Euro fürs Jahresabonnement spare ich mir. Dafür fliege ich lieber im November eine Woche in die Türkei. Für Side gibt es immer ein gutes Angebot.*

Ignorant dachte Arne Hatterer und ging. *Danke, ich finde allein hinaus.*

Die Häuser in der Fischergasse, in gestaffelter Anordnung rund um die Einfahrtshöfe, ergeben ein eindrucksvolles Straßenbild.

Als Hatterer zur Tür herauskam, schnaufte er erstmal tief durch. Er schaute auf, der Hof vor ihm ließ ihn unvermittelt an Meister Eders Werkstatt denken. Im Haus gegenüber blickte eine betagte Dame aus dem Fenster. Das Haus war ebenfalls alt, sicherlich älter als die Frau, die es sich mit einem Kissen auf dem Fenstersims bequem gemacht hatte. Es sah so aus, als ob sie dort einen guten Teil des Tages verbrachte. Neben ihr erschien jetzt ein Schäferhund, er legte seine Pfoten auf das Fensterbrett und bellte leise zum Kommissar hinunter. Ein Stück Putz bröckelte von der Fassade und schlug auf das Pflaster, Hatterer wich ein Stück zurück. *Sind Sie jeden Tag am Fenster?* Rief Hatterer hinauf. Die Frau nickte langsam. *Kann ich sie mal kurz sprechen?* Die Frau nickte erneut und rief hinunter, er solle hochkommen, sie drücke den Türöffner.

Hermine Zuckermandel war 84 Jahre alt und lebte zurückgezogen mit ihrem Schäferhund Erich in ihrem kleinen Häuschen in der Fischergasse. Eigentlich heißt sie Fischerstraße, doch die Anwohner sagen Fischergasse. Früher war es eine belebte Straße mit einer Bäckerei gleich am Entrée, von der Innenstadt kommend. Weiter hinten gab es einen Zweiradhändler, Julius konnte alles reparieren, gegenüber ein Hutgeschäft, auch eine Gastwirtschaft schenkte eine Weile frisch gezapftes Bier aus. Im Laufe der Jahre entwickelte sich die enge Fischergasse zur staubigen Durchgangsstraße mit tausenden Fahrzeugen am Tag. Sie kommen von der Nordtangente, der Nordbrücke, aus Mainstockheim und Dettelbach. Viele Häuser stehen mittlerweile leer. Unrat liegt in den Ecken der Höfe und auf den krummen, schmalen Gehsteigen.

Hermine, Generation Walkman, hatte sich, als sie 68 Jahre alt geworden war, einen Hundewelpen aus dem Tierheim geholt. Ihr Mann war gestorben und sie wollte nicht allein sein. Vier Jahre lang machte sie mit Erich, wie sie ihren Schäferhund genannt hatte, täglich längere Spaziergänge, bis sie von einem Auto angefahren wurde und dabei komplizierte Knochenbrüche erlitt. Der Lenker des Fahrzeugs beging Fahrerflucht. Hermines Genesung zog sich hin. Nach seinem Tod wurde Erich durch ein gleichnamiges Schäferhundwelpen ersetzt, das als voll ausgewachsener Hund seinem Frauchen bis heute die Treue hält.

Nachbar Justin war es, der sich um sie kümmerte. Es war eine schwere Zeit. Sie hatte sich von dem Unfall nie mehr richtig erholt, weder mental noch körperlich. Umso dankbarer war sie, dass Justin ihr im Alltag zur Hand ging. Sie waren jetzt fast zwanzig Jahre lang Nachbarn. Hermine hatte die Zeit miterlebt, als Justins Eltern bei einer Bergwanderung abstürzten und zu Tode kamen. Sie hatte die Beerdigung organisiert und sich um den ganzen Schriftkram gekümmert. Bei den Anwohnern hatte sie den Beinamen Mutter Teresa, was ihr missfiel. Denn für sie war es eine Selbstverständlichkeit, in der Not zu helfen. Es entwickelte sich eine beispiellose Nachbarschaftsfreundschaft, manche sagen dazu auch Seelenverwandtschaft, zweier grundverschiedener Menschen. Die platonische Beziehung zwischen einem jüngeren Mann und einer älteren Frau kann eine Bereicherung fürs ganze Leben sein. Beide haben ohne sinnliche Hintergedanken den anderen kennen- und lieben gelernt. Justin hatte als junger Bursche erlebt, wie leicht das Leben aus den Fugen geraten kann und war deshalb heilfroh, sich auf Hermine als mütterliche Freundin verlassen zu können. Aber, vielleicht war gerade dies der Grund, warum Marga mit ihm Schluss machte. Die Affäre mit ihr war vor allem von Sex geprägt, darüber hinaus gab es kaum Gemeinsamkeiten. Sie konnten ihre Beziehung nicht öffentlich leben. So vermieden sie, gemeinsam auszugehen. Irgendwie stand Hermine immer zwischen ihnen. Eine innige Beziehung mit beiden Frauen schien kaum möglich, doch Justin wollte nicht von seiner „alten" Freundin ablassen. Er schätze Marga als Gesprächspartnerin, weil er mit manchen Sachen Hermine nicht belasten wollte. Irgendwann erkannte Marga, dass Justin ihretwegen die Freundschaft zu Hermine niemals aufgeben würde. Zu sehr genoss er das bequeme, geordnete Leben zwischen den zwei Frauen. Die eine gab ihm Sex, die andere geistige Verbundenheit. Marga hatte wohl Angst am Ende den Kürzeren zu ziehen, so zog sie vorher die Notbremse. Für Justin war die unerwartete Trennung ein Schock, nicht zuletzt, weil er Marga doch mehr liebte, als er sich zugab. Doch zwei außergewöhnliche Beziehungen wie diese, konnten zusammen auf Dauer nicht gut gehen.

Grüß Gott. Mein Name ist Arne Hatterer von der Polizeiermittlung. Sagen sie mal, kann es sein, dass sie jeden Tag aus dem Fenster schauen? Haben sie diesen Mann schon einmal gesehen, wie er ihren Nachbarn besuchte? Hermine zog ihre Lesebrille auf und schaute bedächtig auf das Foto. Natürlich hatte sie Bodo Schilling schon einmal gesehen. Sie sagte zu dem Polizisten, dass sie ihm noch nie begegnet sei. *Wirklich nicht?* fragte Der Hauptkommissar mit enttäuschter Stimme. *Naja ich, ich verbringe ja nicht den ganzen Tag am Fenster, und die Augen werden auch immer schwächer*, sagte die alte Lady mit leiser Stimme, ihrem Hund Erich dabei den Hals kraulend.

Danke, das wurs auch schon. Dann noch einen schönen Tag und viel Spaß beim Schauen.

Hermine Zuckermandel ging in die Küche und brühte sich einen grünen Tee auf. Justin hatte es ihr empfohlen, täglich einige Tassen zu trinken. Dann kippte sie

Erich sein Lieblingsfutter aus der Dose in den Fressnapf. Rind mit Buchweizen, Rote Beete und Pfirsich. Erich wedelte mit dem Schwanz und hechelte mit der Zunge.

Als Hatterer zur Türe hinaus ging, blickte er kurz nach oben zu Justin Schlüters Wohnzimmerfenster. Ihm war, als ob die Gardine sich bewegte. *Kann aber auch Einbildung gewesen sein*, dachte er beim Einbiegen in die Fischergasse.

Hermine Zuckermandel nahm in ihrem großen Ohrensessel Platz. Zuvor ging sie zu ihrem antiquierten Thorens Plattenspieler und legte ihre Lieblingsschallplatte auf. Poco – Rose of Cimmaron und zwar die Liveversion. Das Konzert erlebte sie damals, 1970, live in Los Angeles. Wenn sie den Song hört und die Augen zukneift, dabei dem Gesang von Paul Richard „Richie" Furay lauscht, dann kann sie ihn immer noch spüren, ihren Otis. Als sie auf ihm lag und er mit seinen kräftigen Oberschenkel nach oben wippte. Sie hatten richtig viel Spaß. Das ist jetzt über 50 Jahre her, sie war 33 und es war die schönste Zeit ihres Lebens. Kiffen, Lachen, Ficken. Sie hatte nie mehr so einen Mann in ihren Betten gehabt. Damals schickte sie noch liebevoll verzierte Mixtapes mit lauter Lovesongs in besonderer Reihenfolge an ihren Otis. Sie gab ein kleines Vermögen für das Porto aus.

Jetzt ist sie alt und lange nicht mehr so gut auf den Beinen. *The memory remains*. Nie würde sie Justin an irgendjemanden verraten. Später will sie mit Chanoine Muller telefonieren. Sie kennen sich seit ihrer gemeinsamen Zeit in den USA, und mit Justin hatte sie ihre Freundin ein paarmal in Lindau besucht. Mittlerweile war ihr das zu mühsam geworden. *Aber meinen Kleinen könnte ich doch wieder einmal zu ihr runterschicken.*

Sie schaute auf die eingerahmte Verszeile des großen tschechischen Dichters Jan Skácel, die bei ihr an der Wand hing: *Wer im Gebimmel an der Stille nippt, der hockt zumeist allein, als wäre die Kneipe ohne Dach und alle Sterne schauten rein.* Das Bild hatte sie einmal von Chanoine Muller geschenkt bekommen.

Dann schrieb sie eine WhatsApp an ihren über 20 Jahre jüngeren Freund. Sie war mit der Handhabung des neumodischen Messengers nicht so vertraut. Sie schrieb – *Chanoine Muller ist tot* – und drückte versehentlich die Enter-Taste, dann weiter – *al begeistert, wenn du sie wieder einmal besuchst.*

Justin Schlüter zog sich, fast zur selben Zeit, seine neuen Sneakers an, wackelte die schwankende Treppe hinunter und watschelte aus dem Innenhof in Richtung Fischergasse, dann weiter in die Altstadt zum Lottogeschäft am Marktplatz, um sich die neue Mainpostille zu kaufen. Unterwegs meldete sich sein

Smartphone – *Chanoine Muller ist tot. – Mein Gott* er schrieb Hermine zurück – *an was ist sie denn gestorben*? Dann ploppte es ein zweites Mal – *al begeistert, wenn du sie wieder einmal besuchst. – Hermine, du kannst einen erschrecken.* Hermine schrieb zurück, wieso Chanoine tot sein soll. *Alles gut altes Mädchen.* Er setzte lachend seinen Weg fort.

Er überflog die Überschriften der Tageszeitung, Storg-Umbau in Kitzingen: Am Stadtgraben geht es ums Überleben, Volkacher Brandstifter-Prozess gestoppt: Angeklagter tot in Zelle gefunden, Rossmann verlässt Kitzingen, Bayern verliert im Pokal in Gladbach fünf zu null, Mord und Bilderdiebstahl im ehemaligen Stadtmuseum.

Wieder zu Hause. Im Radio läuft die Sendung Wunschradio im Bavaria One. Shape of You von Ed Sheeran. Die Frau, die sich das Lied gewünscht hatte, behauptet euphorisch, *dieser Song bringt jeden Morgenmuffel zum Zucken.* Augen zu mit Kaffeetasse in der Hand. Justin zuckte nun auch. Dann ging er nochmal an die frische Luft, um eine Brückenrunde zu laufen. Diese Runde ist in Kitzingen bei Joggern und Walkern beliebt. Die sechseinhalb Kilometer lange Strecke verbindet die Nord- und die Südbrücke und führt über beide Promenaden des Mainufers entlang.

Hermine Zuckermandel hatte ihren Grünen Tee ausgetrunken und wachte aus den Erinnerungen an ihren

Otis wieder auf. In der Mainpostille las sie, dass angesichts der hohen Zahl an Corona-Neuinfektionen und sich füllender Krankenhausbetten mit Covid-19-Erkrankten der geschäftsführende Bundesgesundheitsminister Jens Spahn für Auffrischungsimpfungen wirbt. Dies gelte vor allem für ältere Menschen, Pflegebedürftige und medizinisches Personal, wird der Politiker zitiert. Es sei genug Impfstoff da, sodass alle, die wollten, eine sogenannte Booster-Impfung bekommen könnten. *Mit dem Boostern lässt sich auch eine neue Welle brechen*, zeigte der Minister sich überzeugt. Sie las die Berichte zur Gänze, von denen Justin nur die Überschriften gestreift hatte. Storg-Umbau in Kitzingen: Am Stadtgraben geht es ums Überleben, Volkacher Brandstifter-Prozess gestoppt: Angeklagter tot in Zelle gefunden, Rossmann verlässt Kitzingen, Bayern verliert im Pokal in Gladbach fünf zu null, Mord und Bilderdiebstahl im ehemaligen Stadtmuseum. Das gestohlene Bild war abgebildet. Der *Kitzinger Schmerzensmann.*

Hermine sprach zu Erich, *komm wir legen Justin einen Zettel auf den Küchentisch, dass er sich darum kümmert.* Langsam stieg sie die Treppe hinab, wandte sich im Hinterhof zum Nebenhaus, wo Justin wohnte und sperrte die Türe auf. Justin und Hermine hatten Schlüssel ausgetauscht, sodass jeder nach dem anderen schauen konnte. Dann legte sie in der Küche, in der es penetrant nach Putzmittel roch, den Zettel mit ihrem Anliegen auf den wackeligen Holztisch. Daraufhin ging sie die knarzende Kellertreppe hinunter, um die leere Reinigungsflasche im gelben Sack verschwinden zu lassen. Soweit es ihre Gesundheit erlaubte, räumte sie ab und zu bei Justin ein wenig auf.

Im Dämmerlicht des Kellerraums sah sie etwas Viereckiges, in braunes Packpapier eingeschlagen in der Ecke stehen. Es sah aus wie ein Bild. Sie war neugierig und schälte es vorsichtig aus der Verpackung. Sie traute ihren Augen nicht, es war der Kitzinger Schmerzensmann aus der Zeitung. Erich schaute sie erwartungsvoll an, sie sagte zu ihm *weißt du was, Erich, das Bild nehmen wir mit.*

Hermine nahm die leere Putzmittelflasche wieder aus dem gelben Sack und stellte sie oben dahin, wo sie ursprünglich stand. Den handgeschriebenen Zettel steckte sie wieder ein. Dann ging sie zurück in ihre Wohnung und versteckte das Bild unter ihrem Bett.

War das Bild, das Bodo bei ihm deponiert hatte, dasselbe, das im Stadtmuseum geklaut worden war? Viel schlimmer noch, *war Bodo der Mörder?* Er konnte sich das nicht vorstellen. Justin ging grübelnd spazieren.

Als er nach Hause kam, setzte er in seiner spärlich eingerichteten Küche Milch auf den Herd. Die Größe der Gasflamme stellte er genau auf den Boden des Emaille Topfes ein. Energie sparen, denn die Gaspreise gehen gerade durch die Decke. In die Porzellantasse stellte er ein großes Stück schwarze Schokolade und übergoss sie mit der heißen Milch. In Argentinien, wo er ein paar Jahre gelebt hatte, wird diese Kakaospezialität Submarino genannt. Gerne dachte er an die Zeit in Buenos Aires zurück. Nachdem er die Schokolade getrunken hatte, wollte er das ihm anvertraute Bild näher betrachten und ging die Treppe hinab in den Keller, die leere Reinigungsflasche in der Hand. Als er die Kellertür öffnete, fuhr ihm der Schreck in die Glieder. *Das Bild ist verschwunden!*

Zur selben Zeit fand eine Lagebesprechung in den Diensträumen der Kitzinger Ermittlungsgruppe statt. Die aus folgenden Beamten bestand: Abteilungsleiter Hauptkommissar Arne Hatterer, Stellvertreterin Hauptkommissarin Vera Dusch, Kommissar Yogi Weber und Kommissarin Marlene Rupisch, Polizeikommissar Anwärterin Mathilda Gamrod, dazu noch temporäre Hilfskräfte. In nächster Zeit soll noch Kriminalhauptkommissar Harald Schloderer dazu stoßen.

Arne Hatterer fasste das Geschehene kurz zusammen. *Der städtische Beamte Alf Röber wurde tot im Depot des Stadtmuseums aufgefunden. Außerdem ist ein altes Gemälde von dem Maler Cranach aus dem Museum verschwunden. Dazu noch andere wertvolle Exponate. Anscheinend hat niemand einen Überblick darüber, was genau alles fehlt. Die Überwachungskamera des alten Krankenhauses hat eine Sequenz*

aufgenommen, in der eindeutig Bodo Schilling iden-
tifiziert wurde. Wir müssen Schilling zur Fahndung
ausschreiben. Und Kontakt mit der früheren Muse-
umsleiterin Sandra Adlerhorst aufnehmen, um festzu-
stellen was es mit dem Cranach auf sich hat. Wer da-
von wusste, wo er aufbewahrt wurde, und was für ei-
nen Wert er hat. Marlene, das wird dein Job sein.
Yogi und Mathilda kümmern sich um Bodo Schilling,
das übliche halt. Freunde und Bekannte abklappern
usw. Vera, du könntest dich bei der Stadtverwaltung
nach Alf Röber erkundigen. So, Leute, an die Arbeit!

Sandra Adlerhorst war mittlerweile Museumsleiterin
in einem kleinen sächsischen Städtchen. Der Anruf
erreichte sie gerade, als sie mit ihrem Museumsteam
eine neue Ausstellung plante. Hexen- und Lebku-
chenhäuser im Weihnachtsland Sachsen.

Nach vier Stunden Autofahrt war Marlene Rupisch in
der sächsischen Kleinstadt angekommen. Jetzt rief sie
die frühere Kitzinger Museumsleiterin an, um den genauen Treffpunkt abzustimmen. Sie wollte von ihr
wissen, wieviel der Cranach wert sei und wer wusste,
wo das Bild aufbewahrt wurde. Es war ein herrlicher
Oktobertag, die Blätter der Bäume hatten sich bunt
gefärbt und die Sonne blinzelte über die im Morgen-
tau glänzenden Ziegeldächer. In einem kleinen Café
am Marktplatz, bei Filterkaffee und Fettbemme, traf
sie die beste Kennerin der Kitzinger Kulturschätze.

Seit meinem Weggang werden die Museumsbestände von keinem Fachpersonal mehr kuratiert. Alle möglichen Personen können sich Zutritt zum Depot verschafft haben. Mittlerweile wurden Räume des Museums zum provisorischen Einwohnermeldeamt umfunktioniert, Sie können sich vorstellen, was das bedeutet. Es gibt ja viele Stadtmuseen, aber ich kenne keine Stadt, die so ignorant mit ihrem Kulturerbe umspringt. Doch zurück zu ihrer Frage. Es gibt eigentlich nur eine Person, die den genauen Standort des gut gesicherten Bildes im Museumsdepot kennt. Alf Röber der Sachbearbeiter im Hauptamt. Bevor er sich von mir an meinem letzten Arbeitstag den Sicherheitsschlüssel aushändigen ließ, musste ich ihm die wertvollsten Exponate in den Ausstellungssälen und Depoträumen zeigen. Der genaue Wert des Bildes ist kaum zu beziffern, aber ein Sammler von Renaissancegemälden würden gut und gerne 200 000 Euro für den Cranach auf den Tisch legen.

Marlene schaltete das Mikrophon ihres Handys aus und setzte Sandra Adlerhorst davon in Kenntnis, dass Alf Röber tot sei.

Sie entschuldigen, dass ich jetzt nicht in Tränen ausbreche. Er mochte mich nicht sonderlich, was auf Gegenseitigkeit beruhte.

Verstehe. Ich muss Sie das jetzt fragen. Wo waren sie am 30. September in der Nacht auf den 1. Oktober.

Sandra Adlerhorst musste nicht lange überlegen. *Ich war mit meinem Mann im Urlaub, in Novi Sad, in Serbien alte Freunde besuchen und zur Hochzeit ihrer Tochter. Übrigens wird 2022 Novi Sad eine von drei Kulturhauptstädten Europas. Als multiethnische Kulturmetropole an der Donau ist sie immer eine Reise wert. Sorry, nur so zur Info, ich interessiere mich halt für Kultur.*

Danke für die Auskunft. Ihr Mann kann das bezeugen?

Das können 20 Menschen bezeugen, wir waren an diesem Tag bei einer serbischen Großfamilie zu Gast!

Okay, vielen Dank, dann mache ich mich mal wieder auf den Weg nach Kitzingen. Wenn sie mir so drei Telefonnummern zum Überprüfen geben könnten.

Der 31. Oktober war ein herrlicher Herbsttag, die Sonne schien und die Temperaturen stiegen mittags auf fast 20 Grad. Im Park tummelten sich Menschenmassen und die Radwege waren mit E-Bikern überfüllt. In einigen Bundesländern ist der Reformationstag ein Feiertag. Mittlerweile wird aber Halloween fast schon wie ein Feiertag gefeiert. Für Kinder ist es ein Highlight. Sie verkleiden sich als Hexen oder Monster und gehen, wenn die Dunkelheit einsetzt, von Tür zu Tür und fragen nach Süßigkeiten. *Süßes oder Saures?!* Doch im vergangenen Jahr machte ihnen die Pandemie einen Strich durch die Rechnung, denn die *Klingeltour* war nur schwer vereinbar mit den Corona-Regeln. Zwar war die Pandemie noch lange nicht vorbei, aber ein Großteil der Bevölkerung war schon geimpft, sodass sich die Situation etwas entspannt hatte. Kinder und Jugendliche machten sich auf, um Süßigkeiten zu schnorren. Unsere heidnischen Vorfahren vertrieben um diese Zeit böse Geister. Heute spuken an Halloween kostümierte Kinder durch die Nachbarschaft, und Erwachsene treffen sich zu Grusel-Partys. Auch bei Hermine konnten sich die Kinder immer sicher sein, dass es was zu holen gab. Der Tag begann für Hermine damit, dass Nachbar Justin anrief. Er habe einen Rollstuhl bei Ebay günstig erworben und wolle sie am Mittag damit spazieren fahren.

Hallo Hermine bist du bereit? Erich nehmen wir natürlich auch mit. Warst du eigentlich in den letzten Tagen mal bei mir in der Wohnung? Hermine schaute ihn mit unschuldigen Augen an. *Wieso soll ich in deiner Wohnung gewesen sein?* Justin schnaufte tief durch und überlegte kurz, was er sagen sollte, ohne Hermine zu brüskieren. Dann sprach er es doch aus. *Bei mir ist ein Bild weggekommen!* Hermine schaute ihn mit ungläubigen Augen an. *Und du denkst jetzt, ich hätte das Bild mitgenommen, du bist lustig.* Justin redete wie ein Wasserfall weiter. *Nein, ich glaube das natürlich nicht. Aber ich bin da jetzt in einer Zwickmühle, und du bist der einzige Mensch, dem ich mich anvertrauen kann. Das Bild hat Bodo Schilling mir zur Aufbewahrung dagelassen. Es ist ein Gemälde von Lukas Cranach aus dem 16. Jahrhundert, der Kitzinger Schmerzensmann. Wie in der Zeitung steht, wurde es aus dem Museum gestohlen. Es gab dort auch einen Toten. Jetzt ist das Scheißbild verschwunden und Bodo Schilling wird mir die Hölle heiß machen.* Hermine streichelte seine zittrigen Hände und tröstete ihn, dass sich bestimmt alles klären werde. *Komm lasse uns gehen, ich freu mich, wieder mal was anderes zu sehen als den schattigen Hinterhof.*

Hermine genoss den Blick über die Alte Mainbrücke, hinunter zum Main und zum ehemaligen Gartenschaugelände. Die Blätter der Bäume verfärbten sich langsam. Am Ende der Brücke traf sie alte Bekannte und fing das Ratschen an. *Ja, da haben sie aber glück mit ihrem Nachbarn, dass der sie so schön durch die Gegend schaukelt.* Kam es von einer Frau, die vielleicht gerade mal fünf Jahre jünger war als Hermine. *Ja wenn ich meinen lieben Justin nicht hätte, könnte ich mich eingraben lassen.*

Auch Marga und einige Bekannte der Schwimmbadgang nutzten den herrlichen Herbsttag zu einem Treffen auf einem der sogenannten Stadtbalkone am Mainufer. Ihr neuer Liebhaber war nicht dabei, er nahm mit seinen betuchten Freunden an einer Oldtimer-Ausfahrt teil. Man muss halt zeigen, was man hat. Der Stimmung tat dies keinen Abbruch. Außerdem wussten die wenigsten, dass Marga einen neuen Liebhaber hat.

Auch Hatterer und seine Familie nützten das schöne Herbstwetter zu einem Ausflug in den nahen Wildpark nach Sommerhausen. Auch hier ein sehr reger Publikumsverkehr. Die Parkplätze waren überfüllt, und auf den Wanderwegen ging es zu wie in einem Ameisenhaufen. Während Delcy mit Großtante Petra die Tiere fütterte, saßen Hildie und er auf einer Bank in der Sonne und tranken ihren mitgebrachten Kaffee. Hatterer war in Gedanken versunken, der Tote im Museum ließ ihn nicht los. *Jetzt schalt doch mal ab,* ermahnte ihn seine Ehefrau. – *Recht hat sie, morgen erfahren wir mehr von der Gerichtsmedizin,* dachte er und hob seine kleine Tochter aus den Kinderwagen, die ihren Papi mit großen Augen anlachte.

Justin schob derweil Hermine durch den Park. Beim Anblick seiner Ex-Geliebten wollte er sofort wieder umkehren. *Jetzt warte doch mal.* Mit wenigen Schritten war Marga die Stufen des Stadtbalkons zu ihm hochgejumpt. *Ich roll mal zu Frau Weinermann da drüben,* sagte Hermine und weg war sie. Diskretion wurde bei ihr großgeschrieben. Sie wollte gar nicht hören, was die beiden miteinander zu bequatschen haben.

Was willst du, fragte Justin in scharfem Ton. Marga war darüber nicht überrascht, sie wusste, dass sie Justin sehr weh getan hatte. *Ich wollte nur nett sein und Hallo sagen. Du solltest wieder besser auf deine Haltung achten. Du weißt doch, Nabel rein und Brust raus. Wie geht's dir denn so?*

Justin verzog sein Gesicht. *Du nervst. Aber erstmal Hallo, wie solls mir schon gehen, das interessiert dich doch nicht wirklich.* Womit er nicht ganz unrecht hatte. Eigentlich hatte Marga Justin schon fast vergessen. *Jeder ist für sich selber verantwortlich*, war immer ihre Devise. Manchmal konnte sie ein richtiger Eisblock sein. Ein Eisblock mit karikativen Seiten. *Ja dann, Servus, ich muss mich um Hermine und Erich kümmern.* Jetzt kam Sabine noch die Stufen hoch und wollte auch wissen, wie es ihm ginge. Dabei schaute sie ihm tief in die Augen, so tief, dass es ihm in der Magengegend schummrig wurde. Dann hörte er jemanden laut seinen Namen rufen. *Juustiin!* Es war Hermine. Ein viel zu schneller Rennradfahrer konnte nicht mehr ausweichen und ist volle Granate in sie reingerast. Der Rollstuhl kippte um und Hermine lag hilflos auf dem Pflaster. Erich bellte und der Rennradfahrer macht Anstände zu verschwinden. Justin hob Hermine auf und sprintete los. Der Rennradfahrer hatte Schwierigkeiten, in seine Klickpedale zu kommen, so war Justin schnell bei ihm. *Hiergeblieben du Lappen, alte Frauen im Rollstuhl umfahren, das kannst du und dann abhauen. So läuft das nicht!* Justin, ohnehin schlecht gelaunt wegen der Begegnung mit Marga, war außer sich. Wie aus dem nichts kam die alte Flaschensammlerin Jelena gespurtet und schlug mit ihrer Handtasche auf den Kopf des Rennfahrers ein, der zum Glück einen Helm trug. *Der hat mich auch schon mal umgefahren. Rücksichtsloser*

Typ. Justin musste die Frau zurückhalten. *Gassen-strolch!* Dieter machte Bilder mit seinem Smart-phone.

Rudi Weingart und sein Kollege Elmar Siebenkäs fuhren mit Blaulicht in die Parkanlage und nahmen den Sachverhalt auf. *Sie wissen, dass Sie eine Anzeige bekommen, unangepasste Geschwindigkeit und ver-suchte Fahrerflucht, so wie sich das anhört.* Sagte Siebenkäs zu dem Rennradfahrer. *Ich wollte doch nur mein Fahrrad abstellen.* Dann meldete sich Sabine zu Wort, *abhauen wollte er, ich habe es genau gesehen.*

Justin bedankte sich bei Sabine und gab ihr einen Kuss auf die rechte Wange. Marga winkte zum Ab-schied.

Nachdem er Hermine und Erich heil nach Hause ge-bracht hatte, verabschiedete er sich bei ihr. *Willst du die neuen Mainpostille mitnehmen? – Gerne! Und denk dran dem *Lellerbebbel ziehen wir die Hosen aus. Wollte der einfach abhauen, während ich im Dreck lag.*

Justin nahm die neue Mainpostille mit, die sie immer für ihn aufhob. Gleich auf der Titelseite war der Be-richt, der Justin einen Schauer über den Rücken lau-fen ließ. Die Gesundheitsämter in Deutschland mel-deten dem Robert Koch-Institut binnen eines Tages 23 543 Corona-Neuinfektionen. Am Freitag hatte die

Zahl der Neuinfektionen mit 37 120 einen Rekordwert seit Beginn der Pandemie erreicht. Vor einer Woche hatte der Wert noch bei 16 887 Ansteckungen gelegen. Die bundesweite Sieben-Tage-Inzidenz ist erneut deutlich angestiegen. Das Robert Koch-Institut gab die Zahl der Neuinfektionen pro 100 000 Einwohner und Woche am Sonntagmorgen mit 191,5 an. Den Höchstwert der Inzidenz in der gesamten Pandemie gab es in der zweiten Welle am 22. Dezember 2020 mit 197,6. Die Sieben-Tage-Inzidenz zeigt die im Labor bestätigten Neuinfektionen pro 100 000 Einwohner binnen einer Woche an. Sie war in der Pandemie bisher Grundlage für viele Betroffenen, etwa im Rahmen der Ende Juni ausgelaufenen Bundesnotbremse. Dies wurde von den Experten kritisiert. Aktuell werden vor allem Werte wie Krankenhauseinweisungen stärker berücksichtigt. Ein Ministerpräsident spricht schon davon, eine Triage für Ungeimpfte einzuführen.

Am Abend klingelten dann einige Kinder- und Jugendgruppen bei Justin und auch gegenüber bei Hermine und verlangten nach Süßem. Was sie auch reichlich bekamen.

Während des Trubels schlichen sich unbemerkt ein grobschlächtiger Mann und ein zweiter, kleinerer in die Wohnung von Justin.

Paul Schrenker lümmelte breitbeinig auf dem einzigen Stuhl in der Küche. *Und wer sind Sie jetzt?*

Wollte Justin wissen, als er vom Halloween-Trubel in seine Küche zurückkam, um sich einen grünen Tee aufzubrühen. Schrenker war sich sicher, dass Justin wusste wo Bodo Schilling oder das Bild zu suchen sei. Waren doch die beiden beste Freunde.

Wo ist das Bild?

Von was sprichst du? Ihr verschwindet jetzt am besten oder ich rufe die Polizei.

Kaum kam die letzte Silbe über seine Lippen, spürte er einen schweren Schlag in seinem Rücken. Er fiel zu Boden. Der Mann, der ihm den Schlag verpasst hatte, drückte seinen Stiefel auf Justins Gesicht. Schrenker sagte zu ihm, er oder Bodo haben eine Woche Zeit, das Bild zurückzugeben. *Deinen Kumpel Bodo Schilling werden wir auch noch erwischen. Überlege es dir gut. Wenn wir wiederkommen, bringen wir ein Hackbeil mit.* Lachend zogen sie von dannen.

Hermine Zuckermandel war früher eine ausgezeichnete Fotografin mit einem eigenen Atelier. Sie liebte es immer noch zu fotografieren. An Halloween hatte sie in den letzten Jahren immer wieder Bilder von den verkleideten Kids gemacht. Sie wollte gerade das Fenster schließen. Da sah sie die beiden feixenden Gestalten aus Justins Haus kommen. Geistesgegenwärtig drückte sie auf den Auslöser ihrer betagten 5D Mark II. Volltreffer. Man konnte die Gesichter der

Männer gut erkennen. Dann ging sie die Treppe hinunter, über den Hof. Justins Haustür stand offen. *Hallo Justin alles in Ordnung?*

Er lag ohnmächtig und blutend auf dem gefliesten Boden der Küche. Hermine rief den Notruf an, in rekordverdächtiger Zeit waren die Sanitäter zur Stelle und führten die Erstversorgung durch. *Haben Sie die Polizei verständigt?* Fragte der ältere, grauhaarige Sanitäter. Hermine schüttelte aufgeregt den Kopf. Es dauerte nur wenige Minuten, bis zwei Beamte der Bereitschaft eintrafen. *Das ist ein Fall für die Ermittlung,* meinte der eine, *ich rufe gleich an.* Yogi Weber hatte Nachtdienst und war als Ermittler ebenfalls schnell vor Ort. Er fragte Hermine, ob sie etwas gesehen oder gehört habe. War es sein rot kariertes Holzfäller Fleece Jacket oder seine an den Knien geschlitzte Jeans, die sie irritierte? *Warum schaut mich die Alte so entgeistert an?* Fragte sich Yogi. Es war nichts von beiden. Yogi hatte einen riesigen Knutschfleck am Hals, den ihm seine Mathilda erst vor ein paar Minuten auf der Dienststelle verpasst hatte. Danach hatte sie Schicht und ging nach Hause.

Hermine wachte aus ihrer Lethargie auf und sagte stolz, dass sie die beiden Schläger fotografiert habe. Das hatte Yogi der betagten Dame nicht zugetraut, er unterstrich sein Staunen mit einem lauten *Wow!*

Bitte mal Platz machen, wir müssen ihn ins Kranken-
haus fahren. Haben sie irgendeine Ahnung, wo der
Ausweis von ihm ist?

Ich bin nur die Nachbarin und kenne mich bei Justin
nicht aus.

Ah...Justin und wie weiter? – Schlüter, stammelte
Hermine.

Yogi war vom Bildmaterial der alten Dame begeistert. *Darf ich die CompactFlash Karte mitnehmen?*
Ich würde sie Ihnen morgen früh wieder vorbeibrin-
gen.

Kein Problem. Yogi lachte, er war vom saloppen Auftreten der taffen Seniorin beeindruckt.

Auf der Wache ging es an diesen Abend lustig her.
Die Polizeimeldung des Tages lautete: Ein Mann
war im Kino im Mainfrankenpark bei Dettelbach
eingeschlafen. Nach der Vorstellung war er offenbar
übersehen worden und wurde eingesperrt. Als er am
frühen Morgen aufwachte, rief er bei der Polizei an.
Als die Beamten der Kitzinger Dienststelle am Kino
eintrafen, hatten die Putzfrauen den Mann bereits
aus der misslichen Lage befreit.

Echt jetzt? Yogi musste kräftig mitlachen.

Allerheiligen. Die Leute strömten in die Friedhöfe, um die Gräber zu schmücken. Ein Mann rannte am Alten Friedhof vorbei, Richtung Bahnhof, um den Zug nach Würzburg zu nehmen. Dort wollte er umsteigen in den ICE nach Berlin. Neuerliches Umsteigen in Hannover. Vom Berliner Hauptbahnhof ging es dann mit der U-Bahn nach Lichtenberg, von dort mit der Regionalbahn weiter Richtung Eberswalde, in Rüdnitz stieg er aus. Zu diesem Zeitpunkt war er gut sechs Stunden unterwegs. Bodo Schilling hat sich aus dem Staub gemacht. Vorher hatte er aber noch am Automaten 1000 Euro vom Konto seiner Noch-Ehefrau gezogen. Sie hatte versäumt, seine Karte sperren zu lassen.

Endlich die FFP2-Maske vom Gesicht und beim losmarschieren die frische Luft einatmen. Die Siedlung liegt etwas abseits vom eigentlichen Rüdnitzer Dorf, getrennt durch die Bahnlinie Berlin–Stettin. Sie hat ihren eigenen Charme, der sich aus der Lage zwischen Waldrand und offenen Feldern speist. Die Bebauung ist auch heute noch ein- bis eineinhalb-geschossig und mit vielen alten Bäumen durchsetzt. Er brauchte nur eine Viertelstunde, bis er zu dem alten Häuschen gelangte. Den Türschlüssel fand Bodo Schilling wie immer unter dem Abstreifer am Eingang.

Derweil steigt die Zahl der Covid-19-Patienten auf den Intensivstationen immer stärker an. Deshalb werden die Corona-Regeln deutlich restriktiver. Es gelten die Vorschriften der Stufe Rot der sogenannten Krankenhausampel. Das bedeutet strengere Zugangsbeschränkungen für viele Bereiche und Veranstaltungen und die 3G-Regel nun auch am Arbeitsplatz. Schülerinnen und Schüler müssen ihre Maske seit dem Montag auch im Klassenzimmer am Platz tragen. In Bayern liegen aktuell mehr als 600 Corona-Patientinnen und -Patienten auf einer Intensivstation. Stufe Rot bedeutet im Einzelnen: Überall, wo bisher die 3G-Regel in Kraft war, wird sie durch 2G ersetzt. Das betrifft Veranstaltungen, Kinos, Konzert und Theater, Fitnessstudios und Schwimmbäder. Das heißt, hier haben nur noch Geimpfte, Genese und Ungeimpfte unter Zwölf Jahre Zutritt. Einen negativen Corona-Test vorzulegen, reicht nun nicht mehr aus.

Bodo Schilling schaute sich in der Bude um. Kalt war es und kaum Essen im Kühlschrank. Eigentlich war gar nichts Essbares drin. Er rief seine Stiefschwester Cindy an. Er wollte sie bitten, ihn zum Einkaufen zu fahren. Aber er bekam kein Netz.

Zur gleichen Zeit machte sich Justin auf und fuhr mit dem Taxi den Krankenhausberg hinunter zu seiner Wohnung in der Fischergasse. Später wollte er sich eine neue Brille kaufen. Oder zumindest die alte, die beim Angriff der Schläger verbogen wurde, wieder richten lassen. Vorher ging er bei seiner Hermine vorbei, um sich bei ihr zu bedanken, und irgendwie und sowieso. *Pass auf dich auf, hast du noch Schmerzen?*

Meinte Hermine und strich ihrem, in die Jahre gekommenen Zögling liebevoll durchs volle Haar.

Im Optikerladen am Marktplatz wurde Justin von einem Mann mittleren Alters nett begrüßt. *Er dürfte so Mitte vierzig sein*, schätze Justin. Nach einigen Anproben und Zureden des Verkäufers entschied er sich für eine randlose Brille. Beim Anprobieren streifte der Herr sanft Justins Wangen. Ein wohliges Gefühl durchströmte seinen Körper. Der Verkäufer schaute Justin tief in die Augen und stammelte von schönen Augen, die er habe oder so ähnlich. *Entschuldigung, dass ich Sie geduzt habe, mein Name ist Dirk, darf ich Sie drüben auf dem Marktplatz zur Entschädigung auf einen Kaffee oder Tee einladen?* Justin war perplex von so viel Direktheit und wunderte sich, als er sich reden hörte, dass er gerne einen Darjeeling Tee trinken würde. *Perfekt, wir können gleich los.* Er rief nach hinten, zu den Kolleginnen, *ich gehe in die Mittagspause!*

Es war zwar schon 16 Uhr, etwas spät für eine Mittagspause, wunderte sich Justin, aber das war ihm jetzt egal. FFP2-Maske auf und los. Im Café wurde ihnen von einem Mann, der sich später als syrischer Flüchtling outete, ein gemütlicher Platz auf einer Zweisitzer Bank zugewiesen. Sie hatten einen Panoramablick auf den Marktplatz. Dirk Schobe wollte von Justin wissen, ob er verheiratet sei. *Nein, ich habe gerade eine Trennung von so einer verdammten Bitch hinter mir. Ich hasse Frauen.* Dirk schaute ihm wieder tief in die Augen und streichelte über seinen Handrücken. *Du hast schöne Hände.* Justin war jetzt etwas verlegen und wollte von Dirk wissen, wie alt er sei. *Ich bin 45. Aber man ist so alt wie man sich fühlt.* Justin schlürfte seinen Tee und meinte, *da haben Sie recht. Ich bin ziemlich fit, laufe fast jeden Tag und ernähre mich gesund, soweit das in der heutigen Zeit eben möglich ist.* Dirk Schobe lachte ihn an. S*ag einfach Dirk zu mir. Hast du es schon mal mit Männern probiert?* Justin fiel beinahe das Teeglas aus der Hand, er hüstelte, während er Dirk fragte, wie er das meine. *Ich bin schwul, hast du das nicht gemerkt? Du gefällst mir, und wenn du magst, können wir uns gerne näher kennenlernen. Ganz zwanglos versteht sich.*

Justin zuckte mit den Schultern und sagte verlegen, *warum nicht, wenn ich dir nicht zu alt bin mit meinen 59 Jahren.* Jetzt musste Dirk schon wieder lachen. *Du hast gleich an Sex gedacht, als du das gesagt hast. Stimmts?* Justin stammelte ein schüchternes ja. *Dirk umarmte ihn und wollte ihn drücken.* Da stöhnte Justin auf, *nicht so fest, ich bin gestern übel zusammengeschlagen worden und habe einige blaue Flecke. Es tut sackrisch weh.*

Oje darf ich mir das mal anschauen? Ich habe für sowas Salben zu Hause. Wir wären in zehn Minuten dort.

Dirk zog sein Handy aus der engen Hose und rief in seiner Firma an, dass er heute nicht mehr kommen würde, da eh nicht viel los sei und er genug Überstunden hätte.

Die Eigentumswohnung am Hindenburgring war stylish eingerichtet. Die Wände waren unverputzt, zum Teil schimmerten Backsteine durch. Davor ein braunes Brandon-Sofa mit ultimativem Komfort, im modernen Look, mit maximaler Flexibilität. An den Wänden übergroße Bilder, auf denen Zebras abgebildet waren. Teils Fotografien, teils Zeichnungen oder Gemälde. Justin musste an den Cranach denken. Sie gingen in das Bad, das nur durch einen Vorhang vom Wohnbereich getrennt war. Dirk – oder seinem Innenarchitekten – ist es gelungen, ein zeitlos unaufgeregtes, geradliniges Ambiente in ausdrucksstarker Formensprache zu erschaffen. Ob Keramik, Möbel, Wannen oder Armaturen, alle Teile fügten sich perfekt in die Wohnwelt ein. Vor allem die freistehende Badewanne gefiel Justin.

Ein Mann ist stark, wenn er sich seine Schwäche eingesteht. Das ist von Balsac. Kennst du Balsac. Du kannst dich ruhig schon mal ausziehen. Justin murmelte beim Ausziehen, dass er noch nie einen Sack gemocht habe. *Die Unterhose auch? Alles! Du hast wirklich einen schönen, durchtrainierten Körper. Komm, ich lass uns ein Bad ein.*

Jetzt zog sich auch Dirk aus, und es kam wie es kommen musste, und Justin gefielen die Liebkosungen von Dirk und nicht nur die. Als er ging, küssten sich die beiden nochmal leidenschaftlich. *Hier hast du einen Schlüssel für die Wohnung. Du kannst jeder Zeit kommen.* Justin ging die wenigen Stufen hinunter und schaute noch einmal sehnsüchtig zurück zu Dirk. Da ahnte er noch nicht, dass er ihn nicht mehr sehen würde.

Auf der Wache der Kripo in Kitzingen analysierte man den Bericht der Spusi. Hauptkommissar Hatterer las laut vor, dass der Tod von Alf Röber durch einen Schlag mit einem schweren metallenen Gegenstand auf den Hinterkopf herbeigeführt wurde. *Weiß man, was für ein Gegenstand das war?* Fragte Marlene Rupisch. *Ja, es war die Zinnkanne der Kitzinger Fischer- und Schifferzunft aus dem 17. Jahrhundert.*

Oha, entfuhr es Marlene.

Yogi breitete die ausgedruckten Fotos von Hermine Zuckermandel auf dem großen Tisch aus.

Vergleiche die doch mal mit dem Video auf der Überwachungskamera, ob du was feststellen kannst. Befahl Hatterer im harschen Ton.

Das Wetter in Brandenburg hatte sich gebessert und Bodo Schilling saß im Auto seiner Stiefschwester. *Was willst du eigentlich hier?* tönte Gisela Braunwitz *vorwurfsvoll. Wir müssen erst zu Tante Maria nach Karow fahren – Wieso? – Sie feiert heute ihren 81. Geburtstag. Sie freut sich bestimmt, wenn sie dich nach den langen Jahren wieder einmal sieht.*

Auf dem Kaffeetisch standen eine fettige Cremetorte und ein verbrannter Käsekuchen. Bediene dich Bodo. Tante Gisela strahlte und mit ihr die ehemaligen Arbeitskolleginnen des VEB Goldpunkt.

Bodo hatte Kohldampf. Sein Heißhunger ließ ihn zwei große Stücke der Schwarzwälder Kirschtorte förmlich einsaugen. Er schob noch ein Stück Käsekuchen nach, von dem er zuvor die dünne verbrannte Deckschicht mit der Gabel abzog. *Hast du die Kirschen mit Rum getränkt?* Fragte Helga, eine der früheren Arbeitskolleginnen. – *Ja, Rumaroma, das war bei Netto im Angebot.*

Wo ist denn deine Toilette? – Weißt du das nicht mehr? – Sonst würde ich doch nicht fragen. – Zur Türe raus, dann durch die vordere Glastüre, die Stiegen hoch, dann links durch die erste Türe und dann wieder rechts die zweite Türe! Soll ich es dir aufschreiben. Bodo konnte das schon nicht mehr hören. Ihm war schlecht geworden. Er musste kotzen. Im letzten Moment schaffte er es, die Klotür zu öffnen und die Kirschtorte in die Schüssel zu reihern.

Tante Gisela packte ihre Geschenke aus. Viel Pralinen, Seifen und Kerzen. Am meisten freute sie sich über die neue Abba CD Voyage.

Kurz nach sieben brachen Cindy und Bodo auf. Sie wollten noch für Bodo einkaufen. Im Discounter von Biesenthal hörten sie eine Mutter zu ihrer kleinen Tochter sagen, dass die Schokoladennikoläuse noch nicht reif seien. Cindy schaute Bodo an und lachte herzlich, dabei dachte sie einen Augenblick an ihre gemeinsame Kindheit. Nach dem Einkaufen fuhren sie zum Strandbad Wukensee. Cindy sagte zu Bodo, *wir gehen jetzt ein paar Schritte, und du erzählst mir mal was los ist.*

Okay, willst du es wirklich hören? – Jetzt red schon, da ist doch was faul. – Ich bin auf der Flucht. Vor der Polizei, vor ein paar Gaunern und vor mir selber. Mareike hat sich von mir getrennt. Ich habe bei einem Diebstahl in einem Museum mitgemacht. Dann wurde mir das Bild wieder geklaut. Die Polizei und meine Komplizen denken jetzt, dass ich das gute Stück verhökert habe. Außerdem gab es eine Leiche, und den Mord wollen die mir jetzt auch noch in die Schuhe schieben. Ich war das aber nicht. Ich bringe doch niemanden um! – Ich glaube dir ja. Aber willst du ewig auf der Flucht sein? Überlege! Du hast bestimmt in der Hektik irgendetwas übersehen, das dir helfen kann, deine Unschuld zu beweisen, ich meine in Bezug auf den Mord. Kann doch sein oder? Versprich mir, dass du nicht aufgibst. Freundschaft, unsere alte Losung aus FDJ-Zeiten. Ich fahre dich jetzt nach Rüdnitz ins Wochenendhaus.

Das Infektionsgeschehen in Deutschland weitet sich aus. Die Sieben-Tage-Inzidenz erreicht nach Angaben des RKI einen neuen Höchstwert und liegt nun bei 277,4. Zudem wurden 228 neue Todesfälle verzeichnet. In Österreich wird ein Lockdown für Ungeimpfte beschlossen. In den Niederlanden gibt es wegen eines Teil-Lockdowns Straßenschlachten mit der Polizei. Deutschland steht ohne Regierung da. Die Kommentare von Politikern sollte man lieber als Papierflieger aus dem Fenster werfen, als in Zeitungen zu veröffentlichen.

Justin lud gerade neue Songs in seine Spotify-Bibliothek, Gone Away von Offspring passte irgendwie. Dann rief Dirk Schobe, der Geliebte für eine Nacht, an. *Sei mir bitte nicht böse, Cherie. Ich habe einen Selbsttest gemacht und der war positiv. Ich gehe später ins Testzentrum und lasse mich nochmal richtig testen. Es war so schön gestern mit dir und jetzt das! – Shit, hast du noch einen Selbsttest? – Ja ich bringe dir zwei vorbei. Sei mir nicht böse. – Ich bin dir nicht böse, es war wunderschön gestern. Vielleicht können wir das ja öfters machen. – Ja Cherie desire for you. Noch was, falls es schlimmer kommt, was ich nicht hoffe, habe ich etwas in dem Polster versteckt, das du dir dann holen sollst. Aber ich denke, so schlimm wird es nicht werden! – Ich drücke dir die Daumen.*

Yogi stellte die Identität der beiden Schläger fest, es waren Paul Schrenker und Gökdan Yilmaz. Zwei polizeibekannte Kleinkriminelle. Der Fahndungsaufruf mit Bildern der beiden war bald danach im Polizeicomputer.

Was sich an der polnischen Grenze zu Belarus im Moment abspielt ist unter jeder Menschenwürde. Schuld daran ist der weißrussische Diktator Alexander Lukaschenko, der auf die zynische Idee kam, Menschenschmuggel als Waffe in seinem Kampf gegen den Westen einzusetzen. Das staatlich geförderte Schlepperwesen dürfte Dutzende von Millionen Dollar in die Kassen des Regimes gespült haben. Es wird aber immer klarer, dass Lukaschenkos Rechnung hinten und vorne nicht aufgeht. Die EU wird ihre Sanktionen nicht abbauen, sondern wahrscheinlich weiter verschärfen und die Solidarität mit Polen weiter ausbauen.

Die Fahndung nach den drei Verdächtigen Paul Schrenker, Gökdan Yilmaz und Bodo Schilling ergab immer noch nichts Greifbares. Hatterer stand unter Druck. Staatsanwaltschaft und Unterfrankens Polizeichefin stellten wuchtige Fragen an seine Adresse.

Zu allem Übel nahm Marlene Rupisch, seine beste Ermittlerin, ihren Resturlaub. *Gute Zeit in Aachen, du fährst da ja immer wieder hin, in letzter Zeit aber immer öfter.* Hatterer sagte das beiläufig, ohne von seinem Schreibtisch aufzuschauen. *Meiner Tante geht's nicht gut. In zwei Wochen bin ich ja wieder hier. Aber da habt ihr sicher den Fall schon aufgeklärt.* Hatterer und Yogi lachten bitter und schauten sich trübe an.

Für Marlene gab es einen anderen Grund, um regelmäßig nach Aachen zu fahren. Ihre Tante war mittlerweile gestorben. Dafür hat sie Angelo kennengelernt. Der Taxifahrer stammt aus Togo und seit einigen Monaten hat sie erfüllenden Sex mit ihm. Kennengelernt hatte sie ihn, als sie sich vom Hauptbahnhof Aachen mit Angelos Taxi zur Seniorenresidenz fahren ließ. Sie kamen ins Gespräch, und Angelo erklärte ihr, dass sie nicht bis Aachen fahren müsse. *Du kannst in Stollberg aussteigen. Hier Karte von mir. Du anrufen, ich komme oder bin schon bereit für dich.* Das war der Running Gag der beiden und irgendwann fragte Marlene, wozu er denn alles bereit wäre! Von da an gab es kein Halten mehr. Obwohl sie bereits zwei abtörnende Liebesdramen durchgemacht hatte, ließ sie sich, ungebunden wie sie war, auf das Abenteuer mit dem Afrikaner ein.

Angelo erzählte ihr von seiner Familie in Lomé, dem Meer und den ganzen Umständen in seinem Land in Westafrika. Er habe zwölf Geschwister und schicke regelmäßig Geld an seine beiden Kinder, an seine Eltern und seine geschiedene Frau. Auch andere Familienmitglieder würden immer wieder die Hand aufhalten. Es dauerte eine Weile, bis es Marlene gelang, Angelo zu überzeugen, weniger Geld an seine Großfamilie zu überweisen. Er konnte sich daraufhin eine Wohnung leisten und endlich aus der Migrantenkaserne ausziehen. Wenn er stolz im Schneidersitz auf seinem Bett saß, sah er aus wie ein Präsident am Mount Rushmore.

Er hatte jetzt auch Geld für Bahnfahrten nach Kitzingen, um Marlene zu besuchen. Er ist ein begnadeter Salsa Tänzer. Er hatte den Tanz erst in Deutschland gelernt und brachte ihn jetzt auch Marlene bei. Im Frühjahr, wenn es mit der Pandemie hoffentlich wieder besser aussieht, will sie mit Angelo nach Togo reisen, um seine Familie kennenzulernen. Aber jetzt hatten beide erst einmal Urlaub und ausgiebig Zeit füreinander. Der schreckliche Pandemiealltag war weit weg. Angelo war ein zauberhafter, zärtlicher Liebhaber. Er gab alles, um Marlene glücklich zu machen.

Ein Immunologe vom Helmholtz-Zentrum für Infektionsforschung glaubt unterdessen nicht, dass die 2G-Regel alleine in der Pandemie weiterhilft. Diese Erfahrungen habe man bereits in anderen Ländern gemacht, sagte der Wissenschaftler im Fernsehen.

Langfristig sei Impfen eine absolut notwendige Maß-
nahme. Die akute Lage ließe sich aber auch damit
nicht mehr dämpfen. *Wir werden die Auswirkungen
erst im Januar und Februar feststellen*, sagte er. FDP-
Politiker, die im September bereits den Freedom Day
ausrufen wollten, sind mittlerweile verstummt. Eigentlich war es Wahlbetrug, was sie kurz vor der
Bundestagswahl wider besseres Wissen vorgetragen
hatten. Mancher junge Wähler, der ihnen glaubte,
liegt jetzt auf einer überfüllten Intensivstation. Österreich will einen befristeten Lockdown verhängen, und
Verdi ruft das Pflegepersonal der Kliniken zum Streik
auf. Es läuft nicht mehr Rund. Die Präsidentin des
Zentralverbands des Deutschen Friseurhandwerks
plädiert dafür, künftig auch in Friseursalons Impfungen zu verabreichen. *Friseure erreichen alle sozialen
Schichten, die breite Masse,* sagte sie Mitte November einem Nachrichtenportal, *das sollten wir in der
Impfkampagne nutzen*. In Spanien wird nach einer
Gruppe niederländischer Touristen gefahndet. Die
Gruppe, die sich nach positiven Corona-Tests in ihrem Ferienhaus in der westspanischen Region Ext-
remadura hätte isolieren müssen, ist seit Tagen ab-
gängig. Wie eine Sprecherin der Regionalregierung
am Freitag berichtete, wollten Vertreter der Gesund-
heitsbehörde die sieben Touristen am Mittwoch auf-
suchen, doch war deren Ferienhaus in der Ortschaft
Navas del Madroño komplett verwaist. Jetzt fahndet
die Polizei spanienweit nach ihnen.

In den letzten sieben Tagen wurden im Landkreis Kitzingen 340 Covid 19-Fälle registriert, die 7-Tage-Inzidenz beträgt Mitte November 370,8 pro 100.000 Einwohner. Damit steigt die Gesamtzahl der positiv auf Corona getesteten Personen auf 4.831, insgesamt verstarben hier bereits über 100 Menschen an oder mit Corona.

In Berlin haben Gesundheitsminister Spahn und RKI-Chef Wieler vor einer Verschärfung der Corona-Lage gewarnt. Allein mit 2G könne die vierte Welle nicht gebrochen werden. Wieler warb dafür, Kontakte zu reduzieren und Großveranstaltungen abzusagen. Doch die Bundesliga spielt vor vollen Tribünen. Verrückte Welt. *Deutschland ist ein einziger großer Ausbruch. Er prophezeit gar eine fünfte Welle.*

Für den 20. November hat die Führung des Universitätsklinikums in Würzburg alle Führungskräfte und Stationsleiter*innen zu einer Krisensitzung geladen.

Hatterer klappte seine Mappe mit den persönlichen Aufzeichnungen zu, zog sich seine neue Bandit Winterjacke an und wollte nach Hause gehen. Gerade als er das Licht ausknipste, klopfte es an der Türe. *Hallo, stör ich?* Es war Justin Schlüter. *Was wollen Sie denn jetzt noch? Ich habe Dienstschluss. Wie sind Sie überhaupt hier reingekommen und setzen Sie bitte ihre Maske auf.* Schlüter zog seine schwarze FFP 2-Maske über die Nase und erklärte umständlich, dass er ein paar Tage zu einer Bekannten nach Lindau fahren möchte. Er wolle nur wissen, ob das möglich sei. *Habe ich ihre Handynummer? – Haben sie einen Zettel und einen Kuli? – Hier bitteschön. – Gut dann Bon Voyage mein Freund. – Was für Gage. – Schon gut, verschwinden sie, aber plötzlich.*

Als Hatterer nach Hause kommt, sitzen am großen Küchentisch bereits die Nachbarn. Herbert Schleret hat seinen berühmt-berüchtigten Eintopf gekocht. Dazu bringt er immer einige Flaschen Bier aus seiner oberfränkischen Heimat mit. Der Helle Bock aus Huppendorf muss es sein. *Das ist das mit Abstand beste Bier, das ich je getrunken habe. Ein Lob an den Braumeister. – Ja wir Oberfranken können scho a Bier brau, und wie schmeckt der Eintopf? – Wie jedes Jahr vorzüglich.* Nur Großtante Petra mochte den rustikalen Eintopf nicht. *Doför ben isch net jebore.* Sie ging ins Wohnzimmer und spielte mit dem kleinen Delcy.

Zum Boostern zum Doktor. Bevor er sich Richtung Bodensee aufmachte, holt er sich die Auffrischungsimpfung bei seinem Hausarzt. Anmelden, dann wieder hinaus, vor die Praxis an die frische Luft. Zum Glück ist es nicht so kalt. Im Hof vor der Praxis kommt er mit Gildo ins Gespräch. Mit dem Schoßhündchen Pixi auf dem Arm erschien er auffallend mitteilungsbedürftig. Er plapperte von diesem und jenem. Dann erzählte er von seinem Vater der in der

Kitzinger Herrnstraße einen Schreibwarenladen betrieben habe. Justin konnte sich erinnern. Er selbst lebe seit 30 Jahren in Ungarn am Balaton. Er vermisse nichts. Mit Kitzingen verbinde ihn kaum noch etwas. Justin hörte gespannt zu, Gildo war ein mitreißender Erzähler. Eine Frau kam dazu, um ihre Schwester abzuholen. Beide waren aus Erlangen, und die Schwester hatte sich in Kitzungen den Arm gebrochen. Dann wurde Justin aufgerufen. Ein Piks in den Oberarm. Aufkleber in den Impfpass und Stempel drauf, das war´s auch schon. *Alles Gute und auf Wiedersehen!*

Wieder zu Hause ging Justin hinüber zu Hermine, um sich zu verabschieden. Er wusste noch nicht genau, wie lange er wegbleiben wollte. Hermine zog ihn in die Abstellkammer. *Mach die Augen zu!* Er spürte einen Windhauch, so als ob ein großes Tuch durch die Luft gezogen wird. *Kannst wieder aufmachen.* Er war von den Socken, als er den Cranach erblickte. *Du bist mir eine!*

Sie streichelte ihm zärtlich über die Wange und fragte, mit einem Hauch Melancholie in der Stimme, in was er da reingeraten sei. Nur um dann neugierig nachzuhaken, was das Gemälde denn so einbringen könnte. *Keine Ahnung. Ich weiß nur, dass ein Industrieller aus Baden-Württemberg an dem Bild interessiert ist! – Dann solltest du herausfinden, wer das ist! – Jetzt fahre ich aber erstmal zu Chanoine nach Lindau! – Mach das, genieß die Zeit und viele Grüße an die Gute. Ich habe Mandelmuffins gebacken. Nimm ihr eine Tüte mit.*

In der Besprechung am nächsten Montag gab es viel Neues für das Ermittlungsteam. Zuerst stellte Hatterer mit Harald Schloderer ein neues Teammitglied vor. Der korpulente 40-jährige machte einen sympathischen Eindruck. Während des Gesprächs beugte er sich verständnisvoll zu seinem Gegenüber, redete in einem angenehmen Tonfall, wobei er mit allen Teammitgliedern Blickkontakt hielt. Das schindet Eindruck. Wie Studien zeigen, entscheidet der Mensch in den ersten sieben Sekunden einer Begegnung, ob er jemanden sympathisch findet oder nicht. Die Zeit danach sucht er nach Bestätigung für seine Meinung. Offensichtlich war Schloderer in dieser Hinsicht geschult. Mit seiner weit geschnittenen Kleidung kaschierte er gekonnt sein Übergewicht. *Er wird mit unserer Vera Dusch ein Team bilden. Ihr kennt euch ja von der Polizeischule, wenn ich mich nicht täusche. Sie hat sich gerade eine Auszeit genommen.* So Hatterer weiter. Irgendwie war ihm nicht wohl bei dieser Teambildung.

Dann kam Yogi an die Reihe, der mit einer interessanten Neuigkeit aufwartete. *Nach meinen Recherchen absolvierten Paul Schrenker und Gökdan Yilmaz regelmäßig in einem Kitzinger Fitnessstudio am frühen Morgen ihre Trainingseinheiten. Gute Arbeit Yogi, du findest heraus, in was für einem Studio die beiden verkehrten. Dürfte für dich ja nicht zu schwer sein. Du bekommst volle Rückendeckung von mir – Ja dann.* Yogi lachte.

Marlene Rupisch werden wir wohl nicht mehr sehen. Einige von euch wissen es schon. Sie ist ja seit längerem mit einem Mann aus Togo liiert und hat jetzt einen neuen Job angenommen, beim Sicherheitsdienst der Deutschen Botschaft im Lome, der Hauptstadt Togos. Ich habe ihr geholfen, ihre Kündigung ohne Aufsehen zügig und geräuschlos über die Bühne zu bringen. Liebende soll man nicht trennen. Yogi und Mathilda, ihr wisst wovon ich spreche. Beide strahlten sich an, und Harald Schloderer schaute verdutzt in die Runde.

Und dann wird noch geboostert. Am Dienstagmorgen haben wir unseren Termin im Kreiskrankenhaus. Da will ich ohne Ausnahme das ganze Team am Start haben. Hatterer klang ernst und bestimmt.

Boostern der feuchte Traum der Pharma Industrie. Stellte Harald Schloderer, der Neue, fest.

Chanoine Muller erwartete Justin am Bahnhof Lindau-Insel. Sie war Schweizerin, hatte aber in Lindau ihren Wohnsitz. Sie ist Holzbildhauerin und haucht morschen Bäumen neues Leben ein. Sie liebt Holz und verarbeitet es in ihrer Werkstatt, am Rande von Lindau, zu vielfältigen Kunstwerken, wobei meist die Kettensäge zum Einsatz kommt. Der Zug hatte einige Minuten Verspätung, wie konnte es auch anders sein. Justin war mit der Mainfrankenbahn nach Nürnberg gefahren, dort umgestiegen in den Allgäu-Franken-Express. Stellwerkprobleme in Augsburg verhinderten das pünktliche Ankommen am Bodensee.

Am 21.November liegt der Inzidenzwert für den Landkreis Kitzingen bei 380,6. Wie das Robert-Koch-Institut meldet, hat sich die Zahl der Todesfälle im Landkreis, die im Zusammenhang mit einer Corona-Erkrankung registriert werden, um zwei auf 90 erhöht.

Auf der Fahrt zum Bodensee versuchte Justin seinen neuen „Liebhaber" zu erreichen, den er auf eine bestimmte Weise vermisste. Nicht wissend, dass Dirk Schobe inzwischen auf der Intensivstation der Uniklinik Würzburg künstlich beatmet wurde und mit dem Tode rang. Irgendwie ahnte er, dass etwas nicht stimmte.

Bodo „Ringo" Schilling hat sich komplett verwandelt. Er trägt jetzt Bart und eine Nickelbrille, die Haare sind schon ein Stück gewachsen, er will sich einen Männerdut drehen. Alle Ringe hat er abgelegt und neue Klamotten gekauft. Keine Laufschuhe mehr. Er macht jetzt ganz auf Naturmensch in Camouflage Outfit. *So wird mich niemand mehr erkennen!* Womit er nicht ganz unrecht haben sollte. Er war auf dem Weg nach Berlin. Sozusagen zu Testzwecken. Er wollte endlich wieder was ordentliches Essen. Bei einem Libanesen in Friedrichshain bestellte er Kibbeh Makliya – Teigbällchen aus Hartweizengrieß, Spezialgewürzen mit Lamm & Kalbfleisch, Walnuss, Zwiebeln gefüllt für 4,50 Euro. Danach bestellte er Sawdet Romman – Hühnerleber mit Lorbeerblatt, Zimtstange, Zitrone in feiner süß saurer Granatapfelsauce, zart gebraten für 9,90 Euro. Lecker, Bodo rieb sich die Wampe und flirtete anschließend mit der gutaussehenden, schwarzhaarigen Bedienung.

Dienstagmorgen. Eine lange Schlange stand früh um neun Uhr vor den Türen des Impfzentrums am Krankenhaus. Unter ihnen auch Marga mit ihrem neuen Liebhaber. Der Ratschtante Eva Kraus entging das natürlich nicht. Sie flüsterte gerade so laut, dass es Marga hören konnte, zu ihrem Lebensgefährten Gabriel Dietz, *„Die" tauscht die Männer, wie sie es braucht. Die ganze Zeit war die doch mit dem Justin Schlüter zusammen.* Gabriel nickte abwesend. Marga glühte und giftete zurück. *Kümmere dich doch um deinen eigenen Mist.* Eva Kraus rang nach Luft, nahm ihre Handtasche und haute sie Marga auf den Kopf. Dann fingen auch die beiden Männer an, gegenseitig handgreiflich zu werden. In diesem Augenblick kreuzte Hatterer mit seinem Team auf. *Was ist denn hier los? Bitte meine Herrschaften auseinander, wir* *sind doch nicht im Zirkus. Yogi, Harald zieht die Frauen auseinander!* Die mittlerweile zum Infight übergegangen waren. Hatterer übernahm die Männer. Mathilda rief die Streife an. Es dauerte keine fünf Minuten und Rudi Weingart und sein Kollege Elmar Siebenkäs kamen angerannt. Dahinter noch einmal zwei Kollegen. Hatterer, leicht erzürnt, strich sich durch sein zerzaustes Haar und sagte energisch zu den vieren *lasst euch einen neuen Termin geben, heute wird das nichts mehr. Ihr bekommt alle vier eine Anzeige wegen Erregung öffentlichen Ärgernisses. Vielleicht finde ich noch was! Dann wird es aber richtig teuer. Abführen! – Handschellen? – Nein, Handschellen braucht ihr bei den Senioren nicht.*

Zur selben Zeit beendeten Paul Schrenker und Gökdan Yilmaz ihr Training in einem Fitnessstudio in Etwashausen. *Wir müssen Ringo finden, ich denke der hat uns angelogen, als er behauptete, dass dieser Justin das Bild hat. – Glaube ich auch nicht, dass der Spaken das Bild hat, so wie wir ihm aufs Maul gegeben haben.* Schrenker lachte, *da hast du schon richtig zugelangt.* Dann Yilmaz in seinem Ghetto Slang, *Abi du weißt doch, ich knack dir mit linker Arschbacke eine Sack Walnüsse.* Schrenker lachte noch mehr, *Yallah! Holen wir uns den Hazaks! – Yilmaz jetzt komm wieder runter, wir müssen einen kühlen Kopf bewahren. – Okay Abi, ich bin ganz cool!*

Justin lag derweil noch im Bett bei Chanoine Muller am schönen Bodensee und schnarchte vor sich hin. Seine Gastgeberin war bereits aufgestanden, hatte sich eine Tasse Goolong Tee aufgebrüht und schnitzte in ihrer kleinen Werkstatt an lustigen Weihnachtsfiguren. Zum Glück hatte sie im letzten Jahr den Online-Shop eingerichtet. Denn die Weihnachtsmärkte fallen heuer schon wieder wegen Corona aus. Der Shop lief ganz gut. Haupteinnahmequelle für sie waren aber immer noch die Baumschnitzereien. Aus der Box erklang die Musik ihrer Spotify Bibliothek INXS Suicide Blonde. Irgendwann kam Justin angewackelt und fragte, ob er sich auch einen Tee machen könne.

Bayern geht derweil in einen Lockdown light. Dafür wurden alle Weihnachtsmärkte abgesagt. Vier Tage nach der Einigung der Koalitionsspitzen von CSU und FW will das bayerische Kabinett und der Landtag die neuen verschärften Corona-Regeln beschließen. Corona-Lockdown für Bayerns Hotspots. Ministerpräsident Söder erklärt was dann gilt. Die Stimmenmehrheit war nur eine Formsache. Die neue Regelung sieht unter anderem vor, dass flächendeckend die 2G-Regel für Ungeimpfte eingeführt wird. Weitere Kontaktbeschränkungen sind geplant. Schulen und Kitas bleiben offen. Bayern nutzt eine Öffnungsklausel im Infektionsschutzgesetz. Weil Inzidenzen und Hospitalisierung dramatisch steigen, die Impfquote aber niedriger ist als in vielen anderen Bundesländern, geht der Freistaat deutliche Schritte über die Bundes-regelung hinaus. Ministerpräsident Söder schildert die Lage als dramatisch. Auch sein Koalitionspartner, bisher bei schärferen Regeln immer skeptisch, geht den Weg mit.

Hatterer hatte Wochenendbereitschaft und dafür am heutigen Mittwoch seinen freien Tag. Das Wetter war grandios. Die Sonne lachte morgens am blauen Himmel. So beschloss er, mit seiner Hildie auf der Sonnenterrasse am Schwanberg einen Spaziergang zu machen. Großtante Petra und Nachbarin Renate passten derweilen auf Delcy und Mathilda auf.

Die Sonne genießen und Vitamin D tanken. Sie waren erst ein Jahr verheiratet und standen noch ganz im Bann der Liebe. Das Auto parkten sie am Iphöfer Terroir F. Auf der Aussichtsplattform, Weinberge zu ihren Füßen und Felder bis zum Horizont. Hättie, wie er von seiner Hildie immer noch genannt wurde, nahm sie in die Arme, und es folgte ein langer, leidenschaftlicher Kuss. Der Puls der beiden schlug dabei heftig im Takt. Kurz darauf gingen sie gut gelaunt die Stufen des kleinen Turmes hinunter, der Sonne entgegen. In den Weinbergen der Lage Julius-Echter-Berg glänzten noch vereinzelt Weintrauben in der Sonne, die bei der Lese übersehen wurden. Die Eichen hatten ihre Blätter verloren und an der Madonna-Statue bogen sie in den steilen Pfad hinauf zum Birkensee ein. Die Wasseroberfläche des Sees war noch bedeckt mit einem dünnen Eisfilm, verursacht durch die frostige Nacht. Auf einer von der Sonne beschienenen Bank machten sie eine Pause, und wieder fanden ihre Lippen zueinander. Hatterer wollte mehr und schlug vor weiter zu gehen. Der schattige Waldweg führte sie zunächst zum Konradseck mit dem herrlichen Ausblick auf Iphofen und einer Schaukel zum Entspannen, was die beiden auch ausführlich taten. Und nicht nur das. Dann ging es den Höttehött-Pfad hinunter zur Sonnenterrasse. Noch ein Kilometer durch den Weinberg zum Auto. Hildie hätte auf einer sonnigen Bank eine weitere Pause eingelegt, um den Blick in die herbstliche Landschaft zu genießen. Doch Hatterer drängte weiterzugehen. Er wusste, wo er den Wagen hinlenken würde. Zwischen Hecken konnte er seinen Gefühlen freien Lauf lassen. Hildie gefiel es, im Auto hatten sie sich noch nie geliebt.

Die Zahl der Corona-Toten in Deutschland steigt auf mehr als 100 000. Mit einer Inzidenz von 419,7 und 75 961 Neuinfektionen in 24 Stunden gibt es zwei weitere neue Höchststände. Dem SPD-Gesundheitsexperten Lauterbach bereitet die in Südafrika entdeckte neue Virusvariante Sorge. Laut dem Vorsitzenden des Weltärztebundes, Montgomery, bereiten sich die Kliniken in Deutschland auf die Anwendung der Triage vor.

Yogi und Mathilda machten sich am Black Friday Nachmittag auf den Weg, ihre bestellten Päckchen von der Poststelle abzuholen. Als sich die Schiebetüre vor den beiden öffnete, stürmten zwei Männer aus dem Laden. Eine heulende Verkäuferin hinter der Theke. Yogi nachdenklich – *verdammt das waren doch die beiden Bilderdiebe.* Ein schwarzer SUV brauste vorbei und bog auf die Hauptstraße ein. Mathilda fragte die heulende Verkäuferin besorgt, ob alles bei ihr in Ordnung sei. *Scheiße, nix ist in Ordnung, die beiden Wichser haben mir ein Messer an den Hals gehalten, verstehst Du, Messer an den Hals! – Warum haben die beiden das gemacht?* rief Yogi den beiden Frauen zu, nachdem er den SUV per Telefon zur Fahndung ausgeschrieben hatte. Sowas geht ganz schnell. Er war sich sicher, das Autokennzeichen war gefälscht. Falls nicht, hätten sie Glück.

Die beiden wollten wissen, wo sich mein Mann aufhält. Mathilda schaute Yogi an und fragte die Frau, wer denn ihr Mann sei. *Na Ringo. Ich habe ihn rausgeschmissen, ist halt immer noch ein alter Weiberheld.* Die beiden schauten verwundert und fragten die Frau, wie Ringo und sie mit Nachnahmen hießen. *Na Bodo und Maraike Schilling.* Jetzt fing sie wieder zu heulen an. *Beruhigen Sie sich, was haben Sie den beiden gesagt? Wissen sie wo Ringo steckt? – Ich hätte ihn nicht rausschmeißen sollen. Ich liebe ihn doch trotz allem. Die werden ihn umbringen und ich bin schuld! – Beruhigen sie sich. Sie trifft keine Schuld. Was haben sie gesagt, wo Ringo steckt.* Wiederholte

Mathilda. – *Er ist in Rüdnitz in Brandenburg, aber die Adresse kenne ich nicht.*

Okay, sie müssen für das Protokoll und die Anzeige auf die Wache kommen. Am besten morgen früh. Jetzt geben sie uns bitte unsere Päckchen und Pakete, danach können sie ihren Laden schließen oder wieder öffnen. Ganz wie sie wollen.

Beim Hinausgehen fragte Mathilda: *Rüdnitz, weiß du wo das Kaff liegt – Nein! Müssen wir googeln. Brandenburg hat sie gesagt.*

In ihrer Wohnung angekommen packten die beiden erst einmal ihre Black Friday Päckchen aus. Sie hatten sich Jogginganzüge für die kältere Jahreszeit bestellt, Mathilda in altrosa und Yogi olivgrün. Dazu neue Laufschuhe, Proteinpulver mit Erdnussbuttergeschmack. Für Mathilda war noch ein Langarm-Winterkleid aus Baumwolle mit angesagtem Allover Print in floralem Muster vom urbanen Trendlabel Wearragi aus 100% veganer Herstellung dabei. Dann noch eine neue Bratpfanne, Thymianhonig, Plüsch Hausschuhe, eine Flasche besten französischen Rotwein, Stevia im Doppelkammerbeutel und Bluetoothkopfhörer in Gold. *Ja ham er denn scho Weihnachten?* lachte Yogi und zog Mathilda an sich, um ihr einen langen Kuss zu geben.

Ob es ein ruhiges Weihnachten für alle geben wird, ist angesichts der neuen Corona-Nachrichten an diesem Tag eher unwahrscheinlich. Gestern hatte die Weltgesundheitsorganisation die neue, erstmals in Südafrika entdeckte Coronavirus-Variante Omikron als besorgniserregend eingestuft. Heute nun ist ein erster Fall in Deutschland aufgetreten. Hessens Sozialminister Kai Klose twitterte, es bestehe der hochgradige Verdacht, dass ein Reiserückkehrer aus Südafrika mit der neuen Virusvariante infiziert sei. Bei der Person seien mehrere für Omikron typische Mutationen gefunden worden. Die vollständig geimpfte Person sei am 21. November in Frankfurt gelandet. Im Laufe der Woche habe sie Symptome entwickelt und sich testen lassen, mittlerweile befinde sie sich in häuslicher Isolation. Mit dem Ergebnis der vollständigen Sequenzierung sei in den nächsten Tagen zu rechnen. Na dann Prost Mahlzeit. Bundesgesundheitsminister Jens Spahn hält die Versorgung mit Corona-Impfstoff auch dann für gesichert, wenn sich die Virusvariante Omikron in Europa ausbreitet.

Zur gleichen Zeit brausten die beiden Bilderdiebe Richtung Osten. Rüdnitz war ihr Ziel. Sie mussten Ringo finden, bevor sie gefunden wurden.

Ganz im Süden der Republik hörte Chanoine Muller indessen ihrem Freund Justin Schlüter zu. Er erzählte ihr die Liebesgeschichte mit Marga. Es hatte geschneit. Über Lindau lag eine dünne Schneedecke, auf dem Tisch stand heißer Goolong Tee, und aus dem Lautsprecher klang Johnny Nash mit seinem I can see clearly now. Über Justins Wangen liefen ein paar Tränen, er schluchzte. *Komm, du bist doch ein Mann, jetzt heul nicht rum. Es ist vorbei mit der Tussi. Schau nach vorne. Konzentriere dich auf die kleinen Dinge im Leben. Eine liebe Geste, ein warmes Lächeln und die Offenheit zu dir selbst und damit zu deinem Leben, das ist es doch, was zählt.*

Dann kam die Geschichte mit Dirk Schobe ins Spiel. *Du lässt aber auch nichts aus. Komm, lass uns ein wenig spazieren gehen. Später kommt meine Frau Lissie zurück, dann will ich nichts mehr hören. Okay? – Okay! Wie lange kann ich eigentlich bleiben? – So lange du willst, nur die nächsten zwei Tage gehören Lissie und mir, bitte störe uns nicht. Sie fährt am Montag wieder zurück nach Zürich.* Justin atmete die frische Luft am Bodensee ein und versicherte Chanoine, dass er die beiden nicht stören werde. Er wusste schon, was er machen würde.

Die Telefonnummer des Industriellen aus Baden-Württemberg, der an dem Cranach interessiert ist, hatte Bodo, und er selbst hatte Bodos Nummer. Wir teilen einfach. Das wird Bodo schon einleuchten. Er musste an Hermine denken. *Ich werde sie später anrufen.*

Am Abend ging er dann noch mal „an Land" und landete in einer Kneipe mit dem sinnigen Namen „Zum

Alten Fass". Er setzte sich an den Tresen, im Hintergrund Musik von Fleetwood Mac mit Seven Wonders. Er dachte an die wilden Achtziger. Eine jung gebliebene Frau setzte sich neben ihn. Sie schaute ihn an, er schaute zurück. Beide mussten lachen. *Bist du dabei?* sagte sie plötzlich. *Bei was dabei – Pass auf!* Dann zum Barkeeper gerichtet – *Mach ma fünf Wodka.* Die Musik wechselte, Wanda mit ihren Super Songs Colombo und Bologna.

Also pass auf. Wer verliert, zahlt. Und schon fing sie an, die Wodkas in sich hineinzukippen. Sie schaffte drei er zwei und zahlte lachend. *Hast du noch was vor heute Abend? Komm mit ich will dir etwas zeigen.* Ohne auf eine Antwort zu warten, zog sie ihn beschwipst am Mantelärmel hinaus. Nach gut fünfzig Metern blieb sie an einem schon etwas in die Jahre gekommenen Bus stehen. Sie sperrte die hintere Tür des olivgrünen Ford Transit auf und schubste Justin hinein. Der schaute verblüfft. Vorne Fahrer- und Beifahrersitz, der restliche Fahrzeugboden mit Matratzen ausgelegt. An den Wänden Bücherregale mit englischsprachigen Books. *Du liest viel,* sagte er zu ihr. – *Das ist mein Beruf, ich bin Lektorin und Übersetzerin in einem Verlag für englische Literatur.* Sie zog dabei ihren Pullover aus, *komm her!*

Es war der beste Sex seit langem für Justin. Er fühlte sich wie im Zentrum des Universums angekommen.

Paul Schrenker und Gökdan Yilmaz waren in derselben Nacht in Rüdnitz angekommen. Was ist das denn für ein Kaff. Komm fahr da in den Waldweg, wir suchen morgen, jetzt pennen wir erst einmal.

Sehen wir uns wieder? fragte Justin beim Aussteigen aus dem Bus. – *Mal sehen, wohnst du hier?* Sie zündete sich eine Tüte an. *Wo wohnst du, in Kitzingen, wo ist denn das?* Justin zog sich seine silberne Daunenjacke an. *Vorläufig aber noch ein paar Tage hier. Dann aber wieder in Mainfranken. Vorher will ich aber Revanche. – Bei was? – Wodka.* – Leah lachte, aus dem Autoradio klang Don´t break my heart von Den Harrow.

Zurück auf der Insel schlich sich Justin in die Küche, brühte sich eine große Tasse Darjeeling Tee auf und verzog sich ins Gästezimmer. Dann versuchte er vergeblich Bodo zu erreichen. Dann wählte er die Nummer von Hermine. *Na wie geht's altes Fräulein, was macht Erich? – Uns geht es gut, wie geht es dir? – Hab eine neue Bekanntschaft gemacht. Leah heißt sie und ist Lektorin oder sowas für englische Bücher. Sie meinte, dass sie aus einem zerrütteten Elternhause stammt! Was immer das heißen mag. – Ist die nicht ein bisschen zu intellektuell für dich? – Passt schon, also wenn alles okay ist bei dir, mache ich jetzt Schluss, hab noch einiges zu erledigen. – Pass auf dich auf Kleiner! – Danke, du auch.* Dann versuchte er nochmal, mit Bodo in Kontakt zu kommen.

Bodo machte gerade einen Morgenspaziergang, als sein Smartphone Baby Jane von Rod Stewart summte, sein Klingelton für Justin. – *Was willst du?* – *Guten Morgen Bodo. Wegen dir habe ich die Fresse poliert bekommen. Wegen deinem Scheißbild. Kannst du mir mal die Telefonnummer des Kaufinteressenten geben, ich will da mal anrufen.* – *Du hast also doch noch das Bild, du Drecksack.* – *Sagen wir mal so, ich habe es wiedergefunden. Ist eine längere Geschichte. Was ist jetzt? Wir können doch teilen. Auf mich kannst du dich verlassen.* – *Okay. Die Polizei sucht mich und will mir den Mord in die Schuhe schieben. Wir haben den Typen nicht umgebracht! Wir haben doch gar nichts gesehen. Schrenker hat ihn reingelegt.* – *Kann sein, ist mir egal. Willst du nun die Hälfte oder nicht? Ich kann mir schon denken, wer das Bild haben will.* – *Einen Scheiß kannst du dir denken, da kommst du nie drauf. Den Deal mache ich alleine. Ich breche dir das Kreuz, wenn du mir das Bild nicht gibst.* – *Okay, dann beende ich jetzt das Gespräch, wir hören wieder voneinander.* – *Warte!* Er gab Justin die Nummer des Industriellen und erklärte ihm, wie er vorgehen soll. Dann rief er plötzlich laut *Scheiße! Da vorne stehen Schrenker und Yilmaz.* Dann war das Smartphone still.

Virologe Christian Drosten aus Berlin hält 2G-Plus-Regelungen im privaten und öffentlichen Bereich nur für bedingt sinnvoll. *Eine blinde Testung bei gesunden Geimpften ist nicht nur logistisch schwierig, sondern möglicherweise auch in ihrer Aussagekraft eingeschränkt.* Sagte er dem Spiegel. Bei Geimpften sei der Einsatz von Tests dann ratsam, wenn Symptome vorlägen. Es sehe bislang so aus, als ob Infektionen bei Geimpften gerade in den ersten Tagen der Infektion nicht so gut durch einen Antigen-Schnelltest nachzuweisen seien. Die aktuelle Corona-Welle durch Tests zu durchbrechen, ist aus Sicht des Virologen nicht mehr realistisch. *Eine neue Modellierungsstudie zeigt, dass selbst bei niedrigerer Impfquote die Übertragung ganz überwiegend von Ungeimpften ausgeht.*

Am Montagmorgen kreuzten Hatterer und Yogi im Fitnessstudio auf, in dem die beiden Bilderdiebe angeblich regelmäßig die Eisen stemmten. *Guten Morgen, Kriminalpolizei!* Der junge Mann hinter dem Tresen erschrak sichtlich. *Bei uns kommen nur Geimpfte und Getestete rein. Schauen sie her, hier liegen die Testergebnisse der anwesenden Sportler. Wir sind doch erst vor zwei Tagen von ihren Kollegen gecheckt worden.* Vor lauter Hektik ist ihm die FFP2-Maske verrutscht. *Beruhigen sie sich, wir wollen keine Kontrolle machen. Schrenker und Yilmaz ein Begriff? – Na klar, die beiden sind am Freitag bei der ersten Kontrolle durch ihre Kollegen durch die Hintertüre abgehauen, ohne sich auszuchecken.*

Hatterer schaute Yogi mit einem für ihn typischen Augenaufschlag an, den er immer aufsetzt, wenn etwas schiefläuft. *Die denken doch jetzt, wir suchen sie. – Vermutlich. – Das ist nicht gut.*

Ärgerlich. Sie verabschiedeten sich von dem verstörten Mitarbeiter des Fitness Studios und fuhren zurück auf die Wache. Im Radio wird die Operation Kleeblatt erklärt. Die Operation wurde vor dem Hintergrund der ersten Corona-Welle 2020 eingeführt. Die Idee ist dabei, Überforderungen in einzelnen Krankenhäusern zu vermeiden. Innerhalb eines Kleeblatts, dem meist noch Nachbarbundesländer angehören, sollen unkompliziert Patienten-Verlegungen möglich sein. Nach Angaben der Intensivmedizinervereinigung DIVI passiert das schon seit Anfang Oktober in großer Zahl. Ist das innerhalb eines Kleeblatts nicht mehr möglich, sollen bundesweite Verlegungen stattfinden. Dafür muss das System politisch aktiviert werden. Dann wird zwischen Bund, Ländern und Experten des Robert-Koch-Instituts koordiniert, welches Bundesland noch Kapazitäten frei hat, in welches Krankenhaus die Patienten bestenfalls sollen und welche Transportmöglichkeiten zur Verfügung stehen.

Justin lag in dem Zimmer, in dem ihn Chanoine einquartiert hatte, auf der Couch. Er wartete auf Leah, sie hat ihn zum Mittagessen eingeladen. In einem Magazin las er was über Liebeskummer. Dort steht, dass Liebeskummer durchschnittlich etwa ein Jahr dauert. Vor allem diejenigen, die verlassen werden, haben damit zu kämpfen. Männer erleben durchschnittlich 11,9 Monate Liebeskummer, bei Frauen dauert er im Schnitt 12,8 Monate. Herzschmerzen, Kummer, Liebesaus. *Na da bin ich als bisexueller Mann ja nicht so hart betroffen. Mein Liebeskummer ist vorbei. Marga interessiert mich nicht mehr.* Es klopfte. Es war Leah. Sie stürzt sich auf ihn. – *Langsam!* Aus dem Lautsprecher dröhnt Biffy Clyro – Holy Water. Justin musste alles aufbieten, um mit der wilden Leah mitzuhalten. Der vierfache Salchow beeindruckte sie dann aber. *Wow… das tat gut! Wo willst du hin, essen gehen? Libanese, Vietnamese, Holländer? – Italienisch esse ich gerne. – Okay, wie langweilig, aber egal, dann auf mit dir!*

Ringo konnte Schrenker und Yilmaz entkommen. Zum Glück kannte er sich im Dorf gut aus. Zudem wusste er die Zugverbindungen. Er hatte Glück und erreichte den kleinen Bahnhof, ohne von seinen ehemaligen Komplizen gesehen zu werden. Ab nach Berlin.

Verdammte Axt! Hatterer rief noch einmal sein knapp besetztes Team zusammen. *Die beiden wissen jetzt auch, dass wir sie suchen. Harald, hast du sie schon bundesweit ausgeschrieben? – Natürlich und wir haben sogar schon eine Rückmeldung. In Bernau bei Berlin ist der SUV der beiden geblitzt worden.*

Justin und Leah waren gerade mit dem Essen fertig, das beiden sehr gemundet hatte, als Justins Smartphone summte. *Spreche ich mit Justin Schlüter? – Ja. – Hier ist die Uniklinik Frankfurt. Dirk Schobe wurde ja zu uns verlegt. Leider konnten wir nichts mehr für ihn machen. Gestern Morgen ist Ihr Lebenspartner verstorben. Auf seinem Smartphone haben wir die Nachricht gelesen, dass wir Sie benachrichtigen sollen. Leider haben wir das erst gelesen, als er zur Einäscherung abgeholt wurde. Seine Urne soll auf dem Waldfriedhof Oberrad beigesetzt werden. Wann genau können wir ihnen leider nicht mitteilen, da müssten sie sich an die Friedhofsverwaltung in Oberrad wenden. In Corona-Zeiten muss alles ein bisschen schneller gehen. Wenn sie verstehen. Alles Weitere geht über das Notariat in Kitzingen, die werden sich bei Ihnen melden. Sorry, ich muss weitermachen. Bei uns brennt die Hütte.*

Justin schluckte. Betroffen erzählte er Leah die Geschichte. *Tut mir echt leid. Aber Alder, ich hätte nicht gedacht, dass du bisexuell bist, so wie du mich gevögelt hast. – Ich muss zurück nach Kitzingen. Fährst du mich zum Bahnhof?*

Justin verabschiedete sich von seiner Freundin Chanoine Muller, während Leah im Transit wartete. *Wieso jetzt so schnell? Du wolltest doch bis Weihnachten hierbleiben. – Ein Freund ist gestorben, ich muss zurück.* Justin zog seine silberne Daunenjacke an, küsste Chanoine auf die Wangen. Es flossen ein paar Tränchen. *Ciao danke, dass ich hier sein durfte! – Schade, wir hatten kaum Zeit für einander. – Das nächste Mal. Komm doch mal mit deiner Frau zu mir nach Mainfranken. – Mal schauen, und jetzt hau endlich ab. Deine neue Flamme friert sich sonst den Arsch da draußen ab, grüß mir Hermine und gib ihr diesen kleinen Engel aus Holz. Den habe ich extra für sie geschnitzt. Sag ihr, dass die Muffins sehr lecker waren.*

Der Abschiedskuss am Bahnhof von Lindau Insel stimmte Leah und Justin traurig. Sie wussten, dass eine längere Trennung bevorstand. Justin kämpfte erneut mit den Tränen. Und auch Leah hatte feuchte Augen.

Mit dem Allgäu-Franken-Express ging es zurück nach Nürnberg, von dort mit der Mainfrankenbahn nach Kitzingen. Es schneite und es wehte ein stürmischer Wind, als Justin am Nachmittag in seiner Heimatstadt ankam. Er zog die Kapuze seiner Daunenjacke über den Kopf und stapfte durch den Schneeregen nach Hause in die Fischergasse. Bevor er seine Haustüre aufschloss, schaute er hinüber zum Fenster von Hermine. Aber sie ließ sich bei dem unbehaglichen Wetter nicht blicken. Im Briefkasten eine Postkarte aus Chile von einem guten Freund. Eine Nachricht vom Paketdienst, dass er seine beiden Päckchen bei der Poststelle am Luitpoldbad abholen könne. Er hatte sich in der Black Friday Woche bei Amazon eine große Dose Whey Protein Complex mit Cookies und Cream Geschmack bestellt. Dazu ein Sportarmband aus Neopren, das zur Smartphone-Halterung am Arm beim Laufen dient. Dann fand er noch einen Brief vom Notar mit der Aufforderung, sich bei diesem bis zum 15. Dezember zu melden. Er hängte seine nasse Daunenjacke auf einen Bügel und drehte die Heizung hoch. Dann rief er beim Notar an und ließ sich einen Termin für den nächsten Dienstag geben. *Normalerweise dauert so etwas ja immer länger. Aber im Falle von Dirk Schobe ist alles sehr überschaubar und eindeutig.*

Bodo Schilling hat es bis zu einem Freund aus früheren Tagen in Berlin-Friedrichshain geschafft. – *Du kannst maximal zwei Tage hierbleiben, siehst ja wie klein unsere Wohnung ist. Lass die Pfoten von meiner Freundin. Sonst bist du tot, Mann. Ich weiß nicht, warum ich das mache. Aber du siehst beschissen aus. Ist wieder ein gehörnter Ehemann hinter dir her? – Schlimmer! Zwei ehemalige Komplizen wollen mir das Rückgrat brechen. – Oha. Jetzt sag nur nicht, dass du an dem Mord im Kitzinger Stadtmuseum beteiligt warst. Ich lese jeden Tag noch die Mainpostille – online. Jedenfalls die Lokalen Nachrichten aus Kitzingen. Den Rest kannste ja eh vergessen.*

Raimund Säbener war gebürtiger Kitzinger und ging mit Bodo Schilling auf die Realschule. Er machte dann eine Lehre als Industriekaufmann, um kurz vor der Gehilfenprüfung festzustellen, dass das nichts für ihn war. Ihm gefiel der Spruch an der Wand des Job-centers *Physiotherapeuten sorgen dafür, dass jeder in Bewegung bleibt – vom Baby bis zum Senior, vom Büroangestellten bis zur Spitzensportlerin.* Er fing eine Ausbildung in Würzburg an. Nach einer mit Auszeichnung bestandenen Prüfung bekam er den Job in Berlin-Mitte angeboten, wo er mit Freude und Leidenschaft seit Jahren seinem Beruf nachging.

Paul Schrenker und Gökdan Yilmaz wurden auf der Autobahn bei Königs Wusterhausen von der Polizei gestellt und festgenommen. Sie hatten es versäumt, das Fahrzeug zu wechseln. Schrenker tobte und griff eine Polizistin an. Ihr Kollege zog die Waffe und schoss ihm ins Bein. Er wurde ins Justizvollzugskrankenhaus Berlin in der JVA Plötzensee gebracht. Auch Kollege Yilmaz wurde erst einmal in Plötzensee inhaftiert.

Als Hatterer die Nachricht erhielt, überlegte er, was zu tun sei. Hinfahren oder auf die Überstellung warten? Er rief seine Chefin in Würzburg an. Polizeichefin Susanna Porzuck zeigte wenig Verständnis für seine Frage. *Hatterer, natürlich fahren Sie nach Berlin und verhören die beiden. Wir müssen in dem Fall*

*zu Potte kommen. Ich hoffe, das wird der Durch-
bruch. Wichtig ist, dass wir erfahren, wer zugeschla-
gen hat. Mit ihrer geschickten Vernehmungstaktik finden Sie das sicher heraus. Bitte, seien Sie so gut und
nehmen Yogi Weber mit, damit der was dazulernt.*

Yogi Weber konnte nicht. Er musste an diesem Tag
vor Gericht als Zeuge auftreten. Eine junge Frau war
wegen des Besitzes einer geringen Menge Marihuana
angeklagt. Die Anwältin hatte ihn als Entlastungszeu-
gen benannt. Er kannte das Mädchen aus der Zeit, als
er sie bei Frankenstolz Kitzingen als Nachwuchstrai-
ner unter seinen Fittichen hatte.

Hatterer nahm seine taffe Kollegin Mathilda Gamrod
mit auf die Reise in die deutsche Hauptstadt. Es war
eine nervige Autofahrt. Schneeregen, Wind und etli-
che Staus machten die Reise zur Qual – *Wir hätten
lieber die Bahn nehmen sollen!* Der arrogante Klinik-
chef der JVA wollte erst keiner Vernehmung zustim-
men. Doch Mathilda überzeugte ihn schließlich mit
ihrem Charme.

Yogi war baff, als er das Urteil gegen die junge Frau
hörte. Sie wurde wegen Beihilfe zum Handel mit Marihuana zu 600 Euro auf drei Raten verdonnert und
muss sechs Monate lang Urinproben abgeben. Einer
MPU muss sie sich zwar nicht unterziehen. Aber jede
Urinprobe kostet nochmal 90 Euro, also 1200 Euro

summa summarum. *Ziemlich happig, jetzt wo Haschisch bald legalisiert wird.* Dachte Yogi und schlenderte zurück auf die Wache. Von unterwegs rief er seinen Schatz an. *Wie ist die Fahrt. Fährt der Boss anständig?* Er vernahm ein – *Ich hab's gehört* – aus dem Hintergrund. *Scheiß Wetter, Schneeregen und Windböen. Arne fährt klasse. – Und wie war dein Prozess, ist dein ehemaliger Zögling freigesprochen worden? – Frag nicht. Die Richterin hat jetzt zum Ende der Prohibition nochmal richtig die Rute gezogen. Fast 2000 Euro kostet es dem Mädchen. Heißt halt nicht jeder Uli Hoeness. Fahrt vorsichtig!*

Justins Smartphone meldete sich. Es war eine dieser dämlichen, weitergeleiteten WhatsApp-Nachrichten-Banner. *Hallo Dezember. Schön, dass du da bist. Ich wünsche mir im letzten Monat des Jahres, dass der Mensch der das liest, eine extra Portion Glück bekommt, ganz viel Kraft, Gesundheit und Zuversicht. Ich wünsche dir ein großes Happy End zum Jahresende.* Der Text war von Margarete verschickt worden. *Wahrscheinlich hat sie es an all ihre WhatsApp-Kontakte verschickt.* Dachte Justin. Er überlegte, ob er überhaupt antworten soll. Dann schrieb er. *Wie sagst du immer, „schau mer mal". Diese weitergeleitete Nachricht habe ich jetzt schon siebenmal bekommen. Schöner wäre es gewesen, du hättest dich auf deinen kleinen, süßen Arsch gesetzt und selber was geschrieben. Natürlich wünsche ich dir auch alles Glück der*

Welt. Das ist aber, wie Wasser ins Meer schütten. Denn du bist sowieso der glücklichste Mensch, den ich kenne. Jedenfalls tust du so, als ob. Wie es dir wirklich geht, weißt nur du selbst. Mit dem Glück ist es wie mit dem Vitamin C, was zu viel ist, scheidet der Körper einfach aus. vg Justin.

Es war schon düster, als sie am Nachmittag in Plötzensee ankamen. Bei den getrennten Vernehmungen von Schrenker und Yilmaz kam, wie von Hatterer erwartet, nicht viel Neues raus. Beide machten nach kurzer Befragung von ihrem Recht Gebrauch, die Aussage zu verweigern. Zuvor beteuerten sie, dass sie mit dem Tod von Alf Röber nichts zu tun hätten. Bodo, sagten beide übereinstimmend, wäre der letzte gewesen, der das Museum mit dem Bild verließ. Mathilda meinte, es klinge glaubhaft, was die beiden von sich gaben. *Wir müssen diesen Bodo „Ringo" Schilling finden!* Hatterer drückte Hildies Nummer, er wollte wissen, ob zu Hause alles in Ordnung sei. Hildie mit entspannter Stimme, *alles im Lot bei uns. Fahr vorsichtig.*

Ringo lag derweil entspannt auf der Couch in der Wohnung von Raimund Säbener und schaute „Squid Game", die meistgesehene Netflixserie aller Zeiten. Dazu twitterte Netflix. *111 Millionen Accounts haben Squid Game seit dem Erscheinen eingeschaltet. Damit ist der Überraschungserfolg aus Südkorea der erfolgreichste Serienstart in der Netflix-Geschichte.*

Squid Game handelt von einer brutalen Gameshow, in der hoch verschuldete Menschen teilnehmen und in Spielen aus ihrer Kindheit um einen Millionengewinn, aber auch um ihr Leben kämpfen. Ein widerliches und perfides Spiel. Der Arnold Schwarzenegger-Film Running Man, aus den späten Achtzigern könnte dafür als Vorbild gedient haben. Säbeners Freundin Angelina kotzte es an, wie sich Ringo in der Wohnung ausbreitete. Seine leeren Sushi-Kartons, Falafel-Boxen und Bratnudel-Becher lagen überall herum. Dazu diese sexistischen Sprüche. So fragte er sie, was sie von Trumps Spruch *Grab them by the pussy* hielt oder er meinte, *es ist nicht so, dass ich immer geil bin, aber du bist immer sexy.* Das waren nur die harmlosesten. Er ging ihr gewaltig auf die Nerven, aber was sollte sie machen. Homeoffice war wieder angesagt und Geld musste sie ja verdienen. Raimund war mit einer Berliner Fußball Profi-Mannschaft unterwegs und würde erst wieder am Abend oder am nächsten Tag zu Hause sein.

Plötzlich fiel ihr ein, wie sie Ringo loswerden könne. Sie fragte ihn beiläufig, weswegen er eigentlich bei ihnen untergeschlüpft sei. Dabei trug sie ihren kürzesten Rock und die tief ausgeschnittene Bluse und aalte sich auf dem Sessel. Ringo bekam große Augen und plusterte sich auf. Er prahlte mit seinen Frauengeschichten und damit, dass er in Kitzingen ein wertvolles Bild mitgehen ließ. Dem Aufseher habe er eins auf die Mütze gegeben. *Ich konnte doch nicht wissen, dass der so ein schwaches Herz ha.t – Ist der tot und wirst du jetzt deswegen gesucht?* Ringo grinste. *Logo ist der tot, aber ich wollte das nicht, ehrlich. Die Kitzinger Bullen suchen mich deswegen schon in ganz Deutschland. Aber ich habe mein Aussehen total verändert.* Er trug jetzt Bart und eine Nickelbrille. Die Haare sind schon ein Stück gewachsen. Er will sie so lang wachsen lassen, bis er sich einen Dutt drehen kann. Die Sportschuhe hat er gegen GoreTex-Stiefel getauscht. Alle Ringe hat er abgezogen. Die neuen Klamotten im Camouflage Outfit zeigten eher einen Naturschützer im Einsatz als einen Schwerverbrecher. *Du bist ja ein cleverer Fuchs! – Logo, ein Fuchs und super Lover. Versuchs doch mal mit mir.* Angelina erhob sich aus dem Sessel, im Weggehen meinte sie, *keine Chance, Raimund würde uns dafür umbringen!* Sie wusste jetzt genug. Sobald Ringo sich aufmacht Essen zu holen, würde sie bei der Polizei in Kitzingen anrufen.

Angela Merkel wird am 2. Dezember mit einem Großen Zapfenstreich als Kanzlerin verabschiedet. Die Zeremonie findet auf dem Gelände des Verteidigungsministeriums statt. Für das Zeremoniell hat sich die scheidende Kanzlerin folgende Musikstücke ausgewählt: Das Kirchenlied "Großer Gott, wir loben dich", "Für mich soll's rote Rosen regnen" von Hildegard Knef sowie "Du hast den Farbfilm vergessen" von Nina Hagen.

Nach kurzer Nacht meldete sich pünktlich um sieben Uhr Hatterers bester Freund. Auf ihn konnte er sich verlassen. Jeden Morgen steht die Morgenlatte. Ein gutes Gefühl, auch für Ehefrau Hildie. Diese möchte wieder arbeiten. Nur Hausfrau und Mutter zu sein ist ihr zu wenig. Zumal Delcy fast mehr bei Großtante Petra verbringt als bei ihr. Beim Frühstücken versprach ihr Hatterer, bei der Tagesmutter vorbeizuschauen. Diese hatte Delcy schon zeitweise betreut und könne Marina sicherlich noch aufnehmen, wenn wir Glück haben. *Du bist so lieb,* schmeichelte Hildie.

Die zu Depressionen neigende Vera Dusch war nach einem Klinikaufenthalt wieder zurück im Dienst. Harald Schloderer begrüßte sie frostig. Es herrscht manchmal dicke Luft in den Räumen der Abteilung. Nicht zuletzt, weil Vera Dusch den Harald Schloderer auf der Polizeischule einmal als trächtiges Walross bezeichnet hatte. Assistentin Mathilda bemühte sich um Entspannung, obwohl ihr der Frauen-Basher Schloderer auch unsympathisch war. Dabei stand dem ungleichen Ermittlerduo die schwerste Prüfung noch bevor. Hatterer und Yogi, die mit Matilda das zweite Ermittlungsteam bilden, verfolgten die Entwicklung bei den anderen mit Sorge.

Hauptwachtmeister Elmar Siebenkäs nahm einen sonderbaren Anruf entgegen. *Hallo ist dort die Polizei in Kitzingen. – Ja. – Er ist hier! – Wer ist hier? – Na der von Ihnen gesuchte Bodo Schilling. Er ist in unserer Wohnung in Friedrichshain, aaahhh! – Sprechen sie weiter!* Stille, der Kontakt war abgebrochen. Siebenkäs eilte in den ersten Stock, öffnete ohne zu klopfen Hatterers Bürotür und berichtete ihm von dem Telefonat. *Danke Elmar gute Arbeit!*

Yogi, du stellst fest, von wo der Anruf gekommen ist. Hatterer war nervös. Was war da los? Die Frau schien in Gefahr zu sein. Vielleicht hatte Schilling sie überrascht.

Genau so war es. Auf dem Weg zur Toilette warf er, geil wie er war, einen Blick auf Angelina und hörte wie sie telefonierte. Bei den Stichworten Polizei und Schilling ging er dazwischen. Er packte sie am Hals und riss ihr das Smartphone aus der Hand.

"Wellenbrecher" wird zum Wort des Jahres auserkoren. Das Wort steht für alle Maßnahmen, die getroffen wurden und werden, um die vierte Corona-Welle zu brechen. So der Wahlausschuss der Gesellschaft der deutschen Sprache.

Im Landkreis Kitzingen hat es, wie fast überall in Süddeutschland, über Nacht einen Wintereinbruch gegeben. Justin ging mit Schäferhund Erich einmal um den Block, damit dieser ein paar gelbe Löcher in den Schnee pinkelt. Sie begegneten einem alten Mann, der auf dem Weg zum Einkaufen seinen weißen Scheitel nachzog. Zwei ratschende Walkerinnen bogen mit Schwung um die Ecke. Erich erschrak und bellte. In diesem Moment rief Leah an. Sie habe bald Urlaub und würde ihn gerne besuchen. *Okay, dann muss ich wohl Wodka besorgen.* Ihr Lachen wärmte ihm das Herz.

Nicht warm ums Herz war es Angelina. Ringo hatte sie nach allen Regeln der Kunst auf einem Stuhl gefesselt. *Du bist eine verdammte Drecksau!* Schrie sie ihm nach. Beim Hinausgehen drehte er sich um und zischte, *du hast Glück, dass ich es eilig habe. Sonst würde ich noch was ganz anderes mit dir machen.*

Auf der Straße mischte er sich unter eine demonstrierende Menge aus Impfgegnern, Corona-Leugnern, Reichsbürgern, Querdenkern. Was auch immer das für Leute waren, die sich in Friedrichshain zu einer verbotenen Demonstration trafen. Gegenüber bemerkte er zwei schwarze Vans, die langsam in Richtung Simplonstraße einbogen. Schlagartig fiel ihm ein, welcher Fehler ihm unterlaufen war. In der Aufregung hatte er vergessen, Angelinas Smartphone zu entsorgen. Er rannte so schnell er konnte an den Demonstranten vorbei, die sich mittlerweile mit starker Polizeipräsenz konfrontiert sahen. Die Sonntagstraße hinunter zum Ostkreuz. Die Rolltreppe hoch. Es dauerte einen Moment, bis er herausgefunden hatte, wo die Züge zum Hauptbahnhof abfahren.

Yogi hatte gute Arbeit geleistet, er konnte mit Hilfe der SPoC den Standort des Smartphones der Frau genau feststellen. Der Anruf nach Berlin dauerte nur eine Minute.

Leider traf das SEK zu spät ein, Ringo war fort. Angelina wurde von ihren Fesseln befreit und nach einigen Minuten vernommen. *Es geht schon!* Sie war erstaunlich schnell darin, eine genaue Täterbeschreibung abzugeben. Raimund Säbener wurde verständigt. Im VAN des SEKs wurde von einem Spezialisten ein Phantombild von Otto Schilling angefertigt. Nachdem Angelina das Bild abgenickt hatte, wurde es augenblicklich in die Fahndung gegeben. *Was mir gerade noch einfällt, Daumen und Zeigefinger der rechten Hand waren bei ihm ganz gelb.*

Ringo reibt sich immer frische Kurkuma Wurzel ins Müsli.

Das Ganze dauerte zwanzig Minuten. Raimund Säbener, der wieder in Berlin war, nahm seine Angelina in die Arme und murmelte, dass er Ringo umbringe. *Alles gut Raimund, es ist nichts Schlimmes passiert.*

Es waren genau die zwanzig Minuten, die Ringo brauchte, um zum Hauptbahnhof zu gelangen. Nach einigem Umherirren stieg er in den nächstbesten ICE ein. Er konnte nicht wissen, dass die Berliner Polizei ihn da schon auf dem Schirm hatte. Das Überwachungssystem am Berliner Hauptbahnhof gehört zu den modernsten der Welt, wenn man mal von China absieht. Er hätte sich langsamer bewegen sollen.

Das SEK wollte den ICE am Bahnhof Rathenow stoppen und Ringo festnehmen, so der Plan. Das Zugpersonal war verständigt. Ringo ahnte nichts. Als er jedoch im Speisewagen Kaffee und Sandwich bestellte, bekam er Wind von der Sache. Eine Minibarverkäuferin sagte zu ihrem Kollegen, dass sie mit dem Verkauf noch warte, da der Zug in Rathenow halten würde. *Die Polizei sucht irgendeinen Penner.* Alarmstufe Rot für Ringo. *Wie haben die so schnell herausgefunden, wo ich drinsitze? Die Sache mit Angelina ist doch erst eineinhalb Stunden her. Okay*, dachte er, *es geht nicht anders. Jetzt ruhig bleiben und genau überlegen.* Er zückte sein Smartphone und checkte auf Google Maps die Umgebung des Bahnhofs Rathenow. Wenn es ihm gelänge, aus dem Zug zu kommen, ohne vorher abgeknallt zu werden, wusste er jetzt, was zu tun sei.

Der Zug fuhr an. Er hatte sich bei den Toiletten postiert. Der Fahrkartenkontrolleur kam den Gang entlang. *Die Fahrkarten bitte!* Ringo machte eine Geste, als wolle er auf der Toilette verschwinden. – *So nicht mein Freund!* Der Kontrolleur packte ihn an der Schulter und wollte ihn aus der schwankenden Toilettentür ziehen. Darauf hatte Ringo nur gewartet. Er versetzte dem überraschten Mann einen gekonnten Leberhacken, setzte den Bewusstlosen auf die Toilette und zog ihm die Jacke aus. Die eigene stopfte er in seinen Rucksack. Nun wartete er ein knappes Stündchen auf das Bremsmanöver des Zugführers.

111

Der Zug hielt wie erwartet am Bahnhof Rathenow. Bewaffnete SEK-Polizisten stürmten über drei Eingänge ins Innere. In der allgemeinen Verwirrung verließ Ringo in der Maskerade eines Schaffners den Zug und verschwand ruhigen Schrittes im Bahnhofsgebäude, den Rucksack in der Hand. Auf der Zubringerstraße machte er sich rasch aus dem Staub. Durch eine niedrige Unterführung gelang er auf die andere Seite der Gleise. Er zog die Jacke des Zugbegleiters aus und hing sie wie eine Trophäe an ein Gartentor. Es war kalt, er fror.

Er begegnete einer älteren Dame, die ihren weißen Pudel Gassi führte und ihn musterte. *Es ist ganz schön glatt,* sprach sie ihn an. – *Ja, und kalt. Jetzt wäre ein warmer Tee gut.* Er wunderte sich über seine Worte. – *Darf ich sie vielleicht auf einen Tee einladen? Ich wohne gleich da vorne und freue mich immer über Besuch.* – Ringo schaute zurück. Der ICE stand noch im Bahnhof. *Das kann ich nicht annehmen. Sie kennen mich doch gar nicht,* sagte er scheinheilig, um kein Mistrauen aufkommen zu lassen. Tatsächlich drängte die Dame ihn umso mehr, sie nach Hause zu begleiten. Auf dem Weg zum Häuschen blickte Ringo mehrmals zurück, was nicht unbemerkt blieb. *So, jetzt machen wir es uns erst einmal gemütlich.* Ringo schätzte die Frau auf Ende 50, Anfang 60. *Darjeeling, schwarz oder Grünen. – Äähmm. Grün bitte.* Der Pudel bellte. Gerade als die Dame neben ihm auf der Couch Platz nehmen wollte, klingelte es an der Tür.

Es war die Polizei. Die Beamten hielten der Gastgeberin einen Fahndungszettel unter die Nase. *Tut mir leid, habe ich nicht gesehen. Wer soll das sein, ein Massenmörder?* Fragte sie lachend. – *Nein, aber er wird per Haftbefehl gesucht. Er hat übrigens gelbe Finger. – Wie gesagt, ich habe den Mann noch nie gesehen. Wenn sie wollen, können sie sich bei mir umschauen.* Doch die Streifenbeamten spähten nur über die Schulter der Frau ins Haus und gaben sich dann zufrieden. Auch die Polizei denkt manchmal in Schubladen. In der Praxis und entgegen dem, was das Gesetz vorschreibt. Nur allzu gerne bedient sie sich dann der "Stereotypen" und die Beamten dachten das die ältere Frau nichts zu verbergen hat. Sie zogen wieder ab. Als die Polizei gegangen war, fragte sie ihren sichtlich verunsicherten Gast, der in der guten Stube wartete, ob er Okay sei. Dann begab sich die biedere ältere Dame in den ersten Stock ihres Hauses. Sie zog sich aus. Besser gesagt, sie zog sich um. Es dauerte eine Weile, bis sie das weinrote Korsett geschnürt hatte. Ringo schnaufte derweil erst einmal durch und überlegte, was er machen solle. Unerklärlicher Weise hatte ihn die Alte nicht an die Polizei verraten. *Was hat sie vor? Erst mal abwarten, was kommt.*

Großtante Petra hatte andere Sorgen. Sie bereitete mit Nachbarin Renate Schleret den morgigen Nikolaustag vor. Ihr Mann musste wieder den Krampus mimen. Campingtische wurden aufgestellt. Ein Weihnachtsbaum aus dem nahen Wald, den Herbert Schleret gestern geschlagen hatte, wurde festlich geschmückt. Es sollte ein schöner Nachmittag für Delcy werden, zu der auch seine Mutter und zwei Kinder aus der Nachbarschaft eingeladen waren.

Ringo staunte, als er seine Retterin überraschend mit offenem Kimono auf ihn zukommen sah. *So jetzt habe ich Zeit für dich. Ich darf doch Du sagen. Ich bin die Peggy und wie heißt du?* Sie setzte sich eng neben ihn. *Schmeckt dir der Tee? Ich habe auch Rotkäppchen Sekt im Kühlschrank. – Danke, passt schon. Der Tee tut gut und wärmt.* Er ballte seine Hände zu Fäusten, um seine Ringe zu zeigen, doch die waren abgezogen. Egal. *Sag einfach Ringo zu mir.* Sie sah seine gelben Finger als Beweis, dass er tatsächlich der Gesuchte war. Strich durch sein Haar und flüsterte ihm ins Ohr, dass er bei ihr sicher sei. *Ich will gar nicht wissen, was du angestellt hast, weshalb dich die Bullen suchen. Weißt du, ich bin seit zwei Jahren Witwe. Ich habe meinen Mann bis zu seinem Tod gepflegt. Es hat fünf Jahre gedauert. Als ich dich sah, wusste ich, dich schickt der Himmel. Du hast große Ähnlichkeit mit meinem Rico. Der hatte auch immer Ärger mit der Polizei. Bleib so lange hier, wie du willst.* Sie zog ihm dabei die Jacke aus, knöpfte sein Hemd auf und streichelte über seine behaarte Brust. Der Kimono fiel auf den Boden und Peggy saß auf dem sprachlosen Ringo. Der fand rasch zu seiner alten Form zurück und zeigte ihr, was seine Geliebten besonders an ihm schätzten. Es wurde ein tabuloser Nachmittag. Trotzdem würdevoll und ohne seelische

Verletzungen. Ringo war in seinem Element. Liebe und Sex im Angesicht der Ewigkeit.

Am Abend schauten sie zusammen die Tagesschau. Peggy hatte einige Schnittchen bereitet und den Rotkäppchen Sekt geköpft. Ringo ging es gut. Es kam ihm so vor, als ob die Nachrichtensprecherin im roten Blazer mehr strahlte als sonst. Zwinkerte sie ihm gerade zu? Der Tag war anstrengend und der Sekt gab ihm den Rest.

Auf den Straßen lag der erste Schnee wie hingezaubert, als Justin die Treppe hinunter ging, um einen Brief aus dem Briefkasten zu fischen. Den Schlüssel hatte er schon lange verloren. Er hatte die untere rechte Ecke aufgebogen und angelte auf diese Weise die Post aus dem Kasten. Es war ein rosafarbener Briefumschlag ohne Briefmarke. *Von Leah konnte der also schon mal nicht sein*, dachte er. Nachdem er in seine Junggesellenbude zurückgekehrt war, bereitete er sich einen Goolong Tee, nahm am Küchentisch Platz und öffnete mit dem Brotmesser den Brief.

Ich möchte Dir sagen, dass es mir leidtut, was zwischen uns geschehen ist und, dass ich Dich verletzt habe. Du warst eine unvergessliche Episode in meinem Leben, aber nun nicht mehr. Leider konnte ich Dir mein Herz nie ganz schenken. Du bist etwas ganz Besonderes und wirst gewiss noch die Richtige finden.

Es war also ein Brief von Margarete. Er schnaufte tief durch. Die Zeilen berührten in nicht mehr. *Nur eine Episode*, er musste an Star Wars denken und schmiss den Brief zum Papierabfall. Er wunderte sich, dass sie den Brief überhaupt geschrieben und persönlich bei ihm eingeworfen hatte. Es musste wohl gestern gewesen sein. Als er am Morgen das Fenster seines Schlafzimmers zum Lüften öffnete, war ihm, als ob Margarete mit ihrem Esoteriker und Impfverweigerer Klemens am Haus von Hermine vorbeihuschte. *Egal.* Er freute sich auf den Besuch von Leah. Ein kleiner Junge fuhr auf einem viel zu großen Mountain-Bike an ihm vorbei. Was für ein *Groggerbudzer dachte er im Stillen. Diesen mainfränkischen Ausdruck hatte er von Hermine aufgeschnappt, die noch herbere Sprüche auf Lager hatte.

Olaf Scholz wird zur Bundeskanzlerin gewählt. Der Kommentar von Hermine fällt nicht gerade schmeichelhaft aus. *So ein glatzköpfiger Schrumpfgermane hat uns gerade noch gefehlt.*

Laut einer britischen Studie, Mitte Dezember, stellen achtlos weggeworfene Corona-Schutzmasken ein ernsthaftes Problem für die Umwelt dar.

In Freiburg, Stuttgart und Reutlingen haben am Samstag größere Gruppen gegen die Corona-Maßnahmen protestiert. In Reutlingen kam es zu gewalttätigen Auseinandersetzungen zwischen Demonstranten und der Polizei, teilte das Polizeipräsidium

Reutlingen mit. Demnach versammelten sich bis zu 1500 Menschen zu einer Kundgebung, die zuvor abgesagt worden war. Weil die Demonstrierenden keinen Versammlungsleiter benannten und keine Masken trugen, habe das Amt für Öffentliche Ordnung den Zug aufgelöst.

Daraufhin entzündeten Teilnehmer in Stuttgart Feuerwerkskörper und Fackeln, so die Polizei. Einige hätten versucht, mit Gewalt die Polizeikette zu durchbrechen. Die Beamten hätten Pfefferspray und Schlagstöcke eingesetzt. Mit weiterer Verstärkung sei es dann gelungen, die Demonstranten in einem Park festzuhalten. Wegen tätlichen Angriffs auf Polizeibeamte, Beleidigung und versuchter Körperverletzung seien Strafverfahren eingeleitet und etwa 100 Platzverweise erteilt worden. Die Impfgegner-Szene radikalisiert sich zunehmend.

Bundesgesundheitsminister Karl Lauterbach hat eine größere Rolle der Wissenschaft im Corona-Krisenmanagement angekündigt. *Politik in der Pandemie braucht wissenschaftliche Beratung*, sagte Lauterbach der Düsseldorfer Rheinischen Post. *Die stärkere Einbeziehung der Wissenschaft wird meine Arbeit prägen*. Schau mer mal. Lauterbach kommt heute zum ersten Mal mit dem neuen Expertenrat der Bundesregierung zusammen. Dem Gremium gehören Politiker, Mediziner und Wissenschaftler an. *Der Austausch mit den früheren Kolleginnen und Kollegen wird Basis meines Krisenmanagements und der gesamten Bundesregierung sein*, sagte Lauterbach dann weiter.

Zehn Tage vor Heiligabend stehen hinsichtlich Corona die Zeichen zumindest etwas auf Entspannung. Offenbar stecken sich in Deutschland inzwischen weniger Menschen mit dem Virus an als zuletzt. Noch vor kurzem hatte man das Stagnieren der Infektionszahlen vor allem mit überforderten Behörden in Verbindung gebracht. Nun sinken die Fallzahlen tatsächlich.

Leah rief an. *Na, genug Wodka im Haus? – Logo.* Obwohl das gar nicht stimmte. *Mein Navi sagt, in einer Stunde bin ich bei dir. Kann ich da gut parken? – Okay, dann bis gleich, sozusagen, ich freue mich dich wiederzusehen.* Er drückte das Gespräch weg, stolperte die Treppe hinunter, über den Hof zu Hermine und fragte sie schnaufend, ob sie Wodka im Haus habe. *Du willst Wodka? – Nein, ich nicht. Leah kommt, und wir machen da immer so ein Spiel mit Wodkasaufen.* Hermine schaute ihn entgeistert an. *Aber ihr trinkt den schon oder wie soll ich das verstehen? – Ja. – Da hinten, klapp mal den alten Globus auf, in meiner Hausbar müsste noch eine Flaschen Gin sein. Wodka habe ich keinen, nimm stattdessen den Gin. Der wird von einem Kitzinger Startup hergestellt.* Justin nahm die Pulle aus dem antiquarischen Globus, gab Hermine einen Kuss auf die Wange – *Bist ein Schatz!*

Ringo und Peggy hatten sich arrangiert. Die Kleider ihres verstorbenen Rico passten ihm wie angegossen. Ihm gefiel es, von ihr verwöhnt zu werden. Doch wusste sie, dass so ein Mann nicht für immer bleiben würde. Außerdem wurde Ringo wegen Mordverdacht gesucht. Also genießen, solange es geht. Sie informierte ihre beste Freundin Melisonde, die sich mit ihrer mickrigen Ost-Rente nur ein feuchtes Zimmer zur Untermiete leisten konnte. *Ich komme gerne, das weißt du doch.*

Ein Ehepaar aus dem Raum Würzburg, das Urlaub in Südafrika machte, wurde nach der Rückkehr positiv getestet, bei der Frau wurde die Omikron-Variante festgestellt.

Auf dem Radargerät ein Weihnachtsmann, davor zwei Rentierfiguren. Unbekannte haben einen Blitzer in der Eifel weihnachtlich geschmückt. *Dat es endoch ens gag. En ener Zick wo mer eh net baschtich ze laache hät.* Großtante Petra viel bei der Morgenlektüre der Mainpostille vor Lachen fast vom Stuhl. Auch Hatterer musste schmunzeln. Seine größte Sorge war gerade, wann ihm die beiden Verdächtigten überstellt werden. *Warum konnte dieser Ringo entkommen?* Die Tagesmutter rief an. Hatterer hatte vergessen, Marina abzuholen. Er macht sich sofort auf den Weg. Bei Lundi roch es verbrannt. *Ja, da ist mir die Hirse für meinen Mann angebrannt.* Meinte sie lachend und fügte hinzu, dass er ja sowie so abnehmen will. Er musste an eine Textstelle an Grönemeyers „Der Weg" denken. *Du hast jeden Raum mit Sonne geflutet, hast jeden Verdruss ins Gegenteil verkehrt. – Genau so eine Frau scheint Lundi zu sein.* Er bedankte sich nochmal. Marina quengelte. *Rückzug nach Kaltensondheim und entschuldigen Sie bitte, Frau Lundi. – Lundi reicht. Gute Heimfahrt!* Marina winkt.

Leah parkte ihren Bus im geräumigen Hofe der Fischergasse. *Am liebsten würde ich, nach der langen Fahrt, eine Runde drehen,* sagte sie und gab Justin einen dicken Wiedersehenskuss. *Was meinst du mit Runde drehen? – Naja, einfach ein bisschen spazieren gehen. – Warte, wir nehmen Erich mit. – Verdammt, wer ist Erich?*
Er nahm sie an die Hand und sperrte Hermines Wohnungstür auf. Erich bellte, auf der Treppe lag Hermine – bewusstlos. *Ach du lieber Gott, was ist passiert? Achtung, wir müssen behutsam vorgehen.* Sie legten sie vorsichtig auf das alte Sofa neben dem Eingang. Justin rief den Notarzt an. Es dauerte nicht lange. Die Rettungsassistentin war dieselbe, die ihn nach dem Angriff der beiden Ganoven behandelt hatte.
Ihr wechselt euch wohl ab. Es sieht nicht gut aus für die alte Lady, so wie ich das sehe hat sie einen Oberschenkelhalsbruch – Oje! Justin kamen die Tränen. Sie konnten im Moment nichts für Hermine tun. Justin und Leah bahnten sich einen Weg durch die

Traube Schaulustiger vor dem Haus. Leah fragte leise, *kennst du die alte Frau gut? – Sie ist meine beste Freundin, ich kann mit ihr über alle Probleme reden und sie ist immer für mich da. Shit, wieso macht sie nie das Licht an. – Es ist nicht deine Schuld, ich weiß, wie sehr so etwas schmerzt. Laufen wir trotzdem eine Runde?* Es wurde ein stiller Spaziergang, bei diesig-nasskaltem Dezemberwetter.

Als sie später mit Leahs Bus zum Krankenhaus fuhren, hörten sie im Autoradio die Meldung, dass die Virologin Sandra Ciesek vom Universitätsklinikum Frankfurt davor warnt, überhöhte Erwartungen an die Booster-Impfung zu knüpfen. Eine Auffrischimpfung sei kein hundertprozentiger Schutz vor einer Infektion. Sie verwies auf Fälle von bereits geboosterten Menschen, die sich dennoch infiziert und andere angesteckt hätten. *Im Moment wird in den Medien vermittelt: Lassen Sie sich boostern, und die Welt ist wieder in Ordnung Das kann sich aber als Trugschluss erweisen!*

Im Krankenhaus angekommen, durften sie nach einigem Hickhack zu Hermine ans Bett. *Was machst du denn für Sachen, altes Mädchen. Ich habe dir immer wieder gesagt, schalte das Licht an, wenn du die Treppe nimmst. Aber, das wird schon wieder! Darf ich dir Leah vorstellen. Ich habe dir doch von ihr erzählt. – Jetzt halt mal die Schnüs. Hallo Leah. Freut mich, dass ich dich noch kennenlernen darf. – Wieso noch? Ich freue mich auch. Wie sagte Winnetou immer: Justins Freunde sind auch meine Freunde.* Alle drei lachten. *Justin hol mir doch bitte mal einen Tee, den gibts auf dem Flur. Und setz deine Maske auf,* rief ihm Hermine nach.

Komm mal näher Mädchen, dann muss ich nicht so schreien. Liebst du ihn wirklich? Weißt du, er darf jetzt keine neue Enttäuschung erleben. Ich habe Justin viel zu verdanken. Ich hatte vor Jahren einen schweren Unfall, und er half mir wieder auf die Füße zu kommen. Sie stockte mit ihrer Erzählung, das Reden fiel ihr schwer. *Wenn ich weiß, dass du für ihn da bist, dass du ihn liebst, dann kann ich beruhigt gehen. Ich möchte nicht, dass er nochmal so viel Zeit opfert, um mich zu pflegen. Er soll seine Zeit lieber mit dir verbringen. Ich spüre, dass ich nicht mehr lange lebe. Also was sagst du?* Leah stockte der Atem, was sollte sie der alten Dame sagen. Freilich mochte sie Justin, sonst wäre sie ja nicht den weiten Weg von Lindau hoch in dieses verschissene Kitzingen gefahren. *Ja, ich liebe ihn sehr,* sagte sie, um Hermine zu beruhigen. *– Das ist gut. Bitte reiche mir mal meine Handtasche rüber.* Hermine kramte ein kleines Fläschchen aus einem versteckten Seitenfach heraus. Wortlos schraubte sie es auf und trank in einem Zug den Inhalt. *Nimm das Flascherl und entsorge es für mich. In einer Minute bin ich tot.* Justin kam herein. *– Ich wünsche euch beiden viel Glück, pass mir auf Erich auf. Alles andere ist geregelt.* Dann fiel ihr Kopf zur Seite und sie war tot. *Hermineeee!* Schrie Justin, *nein,*

nicht, du nicht, jetzt und überhaupt, altes Mädchen, was hast du getan?
Dann brach er kraftlos zusammen und weinte wie ein Schlosshund. – *Justin, sie ist tot. – Du hast jetzt mich. Komm lass uns gehen, die Klinik macht das schon, es ist besser, dass wir nicht dabei sind, wenn sie tot gefunden wird, glaub mir.*
Zu Hause erzählte Leah ihm die ganze Geschichte. Sie muss dich sehr gemocht haben. Erich der Schäferhund, Hermines treuer Begleiter in den letzten Jahren, spürte dass nichts mehr so war wie sonst. Leah spielte über ihre Bluetooth Box und ihren Spotify Account a tale thar wasn´t right von Helloween. *Hier stehe ich ganz allein. Habe meinen Verstand zu Stein verwandelt. Lass mein Herz mit Eis füllen. Um zu vermeiden, dass es zweimal zerbricht.*
Danke an dich, meine liebe alte Freundin für die gemeinsame Zeit. Justin hatte die Augen geschlossen und musste an die vielen gemeinschaftlichen Erlebnisse denken. *Nützt alles nix, das Leben geht weiter. Wo waren wir beim Gin stehengeblieben?* – Jetzt lächelte auch Leah wieder. *Hätte sie es verhindern können oder sollen?* Dachte sie, als sie fünf Schnapsgläser mit Gin füllte.
Am nächsten Morgen bekam Justin einen Anruf aus dem Krankenhaus. *Guten Morgen. Passiri Chefarzt, Innere Abteilung Klinik Kitzinger Land – Ja bitte, Justin Schlüter. – Wir haben einen Brief an Sie in Frau Zuckermandels Habseligkeiten gefunden. Es scheint, als ob Sie die einzige Person sind, der Frau*

Zuckermandel die Berechtigung erteilt hat, über ihre Todesursache zu sprechen. Wann passt es Ihnen? Sie können ihre Partnerin ruhig mitbringen, es dauert nicht lange. – In einer Stunde. – Gut, melden sie sich an der Pforte und warten im Foyer, bis ich Sie hole.

Hatterer und seine Crew tappten immer noch im Dunkeln. Aus den beiden festgenommen Gangstern war nichts herauszubekommen. Ringo war wie vom Erdboden verschluckt. Die Polizeichefin tobte. Die Staatsanwaltschaft wusste, mit den wenigen Fakten konnte sie keine Anklage erheben. Schrenker wird wohl noch vor Weihnachten wieder nach Brandenburg überstellt. Dort wird er aber nur beschuldigt, die Polizistin tätlich angegriffen zu haben. Zudem steht da Aussage gegen Aussage. Yilmaz hat schon zu Protokoll gegeben, dass der Polizist ohne Grund und Vorwarnung auf Schrenker geschossen habe. Das wird ein hartes Brett, das es zu bohren gilt. Dazu die ewigen Streitereien zwischen Harald Schloderer und Kollegin Vera Dusch. Hatterer schrieb seinen Bericht. Darin die Androhung, seinen Dienst zu quittieren, wenn der massive Druck seiner Vorgesetzten nicht nachlasse. Auch die Situation mit den beiden Streithähnen im Team schilderte er dabei ausführlich.

Hatterer und sein Team hatten ein weiteres Tötungsdelikt am Hals. Ein Fall, der sich allerdings weitgehend von selbst gelöst hat. Sie gaben folgenden Pressetext an die Öffentlichkeit: Am frühen Morgen stellte sich ein 37-jähriger Mann bei der Bundespolizei in Kiel und gab dort gegenüber den Beamten zu Protokoll, in der Wohnunterkunft in Kitzingen eine Person getötet zu haben. Die Bundespolizisten nahmen den Mann vorläufig fest und verständigten die örtlich zuständige Polizei in Unterfranken. In der Unterkunft fanden die Beamten schließlich einen 27-jährigen Mann, der offensichtlich durch Gewalteinwirkung zu Tode gekommen war. Die Kriminalpolizei Kitzingen hat die Ermittlungen wegen des Verdachts eines Tötungsdelikts aufgenommen. Gegenstand des Ermittlungsverfahrens sind, unter anderem, das unklare Motiv und der Tathergang. Die Sachleitung in dem Verfahren hat die Staatsanwaltschaft Würzburg. Auf Antrag der Staatsanwaltschaft hat der Ermittlungsrichter am Amtsgericht Würzburg noch am gleichen Tag einen Untersuchungshaftbefehl wegen des dringenden Tatverdachts des Mordes erlassen. Der 37-Jährige wird alsbald an eine bayerische Justizvollzugsanstalt überstellt. Hatterer hat Yogi und Mathilda angewiesen, den Fall zu durchleuchten.

Nach einem ausgedehnten Frühstück fuhren Justin und Leah durch schmuddeliges Dezemberwetter den Krankenhausberg hinauf. Sie meldeten sich an der Pforte und warteten erst einmal. Nach etwa einer halben Stunde kam Chefarzt Dr. Passiri eilig mit einem Pfleger, der Hermines Sachen in einer Tragetasche den beiden übergab. *Entschuldigen Sie bitte, dass Sie so lange warten mussten. Hier ein persönlicher Brief, der an Sie, Herr Schlüter, gerichtet ist. Also ihre Bekannte hatte sich bei dem Sturz einen äußerst schmerzhaften Oberschenkelhalsbruch zugezogen. Außerdem haben wir bei der Untersuchung nach dem Herztod einen großen Tumor in der Lunge entdeckt. Hermine Zuckermandel hätte mit dem Tumor vielleicht noch ein viertel Jahr unter großen Schmerzen leben können. Länger aber nicht. Trotzdem ist ihr unerwarteter Herztod erstaunlich. Ich wünsche ihnen alles Gute und viel Kraft. Vergessen sie den Brief nicht. Ich muss weiter, werde schon wieder ausgerufen. Es ist hier im Moment die Hölle los. Good bye.*

Justin hatte schon wieder Tränen in den Augen. Dann meldete sich sein Smartphone. Es war Ringo. *Wie ist die Lage? – Scheiße, lass mir für ein paar Tage meine Ruhe. Hermine ist gestorben.* Er klickte das Gespräch weg. *Würde gerne mal mit dir durch dein geliebtes Städtchen laufen – Hmm.* Leah hakte sich bei ihm unter.

Justin öffnete den Umschlag, nahm das nach Amber duftende Briefpaper heraus und las:

Lieber Justin, wenn du das liest, ist meine Zeit auf dem blauen Planeten abgelaufen. Ich hoffe, dass ich im Himmel Otis treffe, ich habe dir von ihm erzählt. Er war meine große Liebe. Du warst wie ein Sohn für mich, ich habe dich über alles geliebt. Wir hatten eine tolle Zeit zusammen. Die meisten hätten das nicht geschätzt. Du warst da anderes. Du hast dich, glaube ich, immer wohl bei mir gefühlt. Und auch mir wurde es warm ums Herz, wenn du in meiner Nähe warst. Du wirst in den nächsten Tagen vom Bestatter und vom Notar Post bekommen. Ich habe dir alles vermacht, was ich besitze. Schulden hatte ich keine, du kannst daher das Erbe getrost annehmen. Riechst du den Amber, wir haben immer über den Corona-Baum gelacht. War gar nicht so einfach, das Briefpapier zu bekommen. Eine Bitte habe ich noch. Wähle für mein Leichenhemd einen guten Stoff aus, er soll sich im Sonnenlicht spiegeln.

Justin bekam weiche Knie, er drückte das Briefpapier auf sein Gesicht und schluchzte laut. Im Autoradio lief Verbotene Stadt von Udo Lindenberg und Til Brönner.

Leah parkte den Wagen. *Komm, wir schnappen ein wenig frische Luft.*

Zu Hause in der Fischergasse atmete Justin tief durch. Leah hatte ihm eine Standpauke gehalten. *Bitte reiß dich zusammen, deine Heulerei ist kaum zu ertragen.* Heute war wieder besonders viel Verkehr in der schmalen Straße.

127

Justins Smartphone meldete sich erneut. Es war das Notariat. Aber nicht Hermines, sondern das von Dirk. Die Vorzimmerdame erinnerte ihn: *Sie haben heute einen Termin bei uns. Die Kanzlei ist noch eine Stunde lang besetzt. Schaffen Sie das? – Logo, ich bin in zehn Minuten bei Ihnen.* Justin wischte sich die Tränen aus dem Gesicht, *Leah, könntest du mich bitte noch einmal fahren? – Was ist denn jetzt schon wieder los?* Kam es mürrisch aus der Küche. *Ich muss dringend zum Notar. – Wegen Hermine? – Nein, erkläre ich dir im Auto.* Vor seinem geistigen Auge erschien der Ford Scorpio, den er sich von Dirks Erbe kaufen würde.

Bitte setzen Sie sich. Ich muss den Herrschaften leider mitteilen, dass es außer einer unbezahlten Eigentumswohnung bei Herrn Schobe wohl nichts zu holen gibt. Soweit ich weiß, war er im Casino ein gern gesehener Gast. Wenn sie verstehen, was ich meine. Es liegt an Ihnen, das Erbe anzunehmen oder auszuschlagen. Sie können sich gerne draußen in Ruhe beraten. Wieder kein Scorpio, dachte Justin, egal! *– Das Erbe nimmst du nicht an,* sagte Leah, *hast du mich verstanden? – Ich habe nicht geahnt, dass er ein Zocker war.*

Da haben Sie Gott sei Dank richtig entschieden, säuselte der Notar. Seine geheuchelte Anteilnahme war wohl der Anwesenheit der attraktiven Leah geschuldet, dachte Justin zumindest. *Ich muss Sie über die*

Verbindlichkeiten jetzt nicht mehr in allen Details aufklären. Aber es sind einige Zehntausend Euro, plus der nicht getilgten Eigentumswohnung. Salopp gesagt, Herrn Schobe stand finanziell das Wasser bis zum Hals. – Okay. Haben Sie recht herzlichen Dank für die Auskunft. Ein feuchter Händedruck und die beiden saßen wieder im Transit. – *So, jetzt wird was gegessen, du bist eingeladen. – Wieviel Uhr ist es? – Halb. – Was halb? – Na, halb zwölf. – Wieso bist du so gereizt? – Ich bin nicht gereizt, ich bin traurig. Wir müssen vorher noch in Dirks Wohnung, da liegt etwas, das für mich bestimmt ist. – Hat das nicht Zeit? Ich habe Hunger. – Ich auch, aber morgen sind bestimmt die Schlösser ausgetauscht, dann komme ich nicht mehr hinein. – Okay mein Schatz, sag mir, wie ich fahren soll.*

Justin erinnerte sich, dass Dirk etwas von *schau in den Polstern nach, da ist was Wichtiges drin* erzählt hatte. Damit kann er nur das Brandon-Sofa gemeint haben. Justin erklärte Leah, warum sie das jetzt tun mussten. Sie schlichen die Stufen zur Wohnung hinauf. Der Schlüssel passte noch. Dann begann die Suche nach etwas Ungewissem. Jeden Reißverschluss der mit Leder überzogenen Polsterelemente öffneten die beiden. Nichts. Er überlegte kurz. *Dann kann es nur noch die Doggy Bench im üppig ausgestatten Badezimmer sein.* Ein kräftiges *Wow* entlockte der Anblick des futuristisch anmutenden Rest Rooms Leah.

Er schob die Anal Blugs in den verschiedenen Größen herunter. Auf der Unterseite fand er den Reißverschluss und zog ihn auf. Leah spitzte gespannt über seine Schulter. *Hey,* entfuhr es Justin. *Da haben wir doch, was wir brauchen!* Es waren acht Stapel 100 Euro-Scheine in Folie eingeschweißt. *Alder, was ist das? – Hol deine Tasche aus dem Auto!* Leah eilte zur Tür um hinunterlaufen. Im Flur kehrte sie auf dem Absatz um und machte die Türe ganz leise wieder zu. *Was ist los?* Fragte Justin. – *Es ist der Notar mit zwei anderen Männern.* Justin spurtete zur Tür. Löste hastig Dirks Wohnungsschlüssel von seinem Bund. Es ging um Sekunden. Steckte den Schlüssel ins Türschloss und sperrte doppelt ab. Dann rannte er zu Leah. *Komm mit,* flüsterte er, *jetzt wird es sportlich.* Sie hörten, wie der Notar sich abmühte, die Wohnungstür zu öffnen. Den Sprung vom Hochparterre* überstanden sie ohne Blessuren. Auch den Transit erreichten sie nach wenigen Minuten unentdeckt. *So, jetzt zu mir, Kassensturz machen, und dann gehen wir fürstlich essen. – Yes! Das haben wir uns verdient.*

Es waren acht Stapel mit jeweils einhundert 100 Euro-Scheinen, summa summarum 80 000 Euro. *Perfekt. – Dafür, dass du nur einmal deinen süßen Popo hingehalten hast, ist das ein guter Schnitt. – Nur kein Neid. Klug war's nicht, aber geil.*

Justin umarmte Leah, ging ins Bad und wusch sich das Gesicht mit kaltem Wasser. Sie eilten die wackelige Holztreppe hinunter. Leah holte den Transit, und kurz darauf saßen sie im Auto auf dem Weg nach Sommerhausen. Mittlerweile war es bereits 13:30 Uhr. Die Kellnerin im üppig gefüllten Dirndl führte sie zu einem gemütlichen Tisch für zwei Personen. Leah fand, dass Justin einen Tick zu lange seinen Blick auf den weiblichen Rundungen der Servicekraft ruhen ließ. *Nur kein Neid,* dachte Justin seinerseits.

Die Speisekarte war mit wenigen exklusiven Gerichten wohltuend übersichtlich. Sie bestellten als Vorspeise Tatar vom Saibling, Bärlauchpesto und Salatbouquet. Als Hauptgang schlug Justin Perlhuhn Mediterran, Pfannengemüse und Couscous vor. *Das Dessert such' ich aus!* Trällerte Leah. Eierlikörmousse, Nougat-Creme Brûlée, Mango-Rhabarbersorbet. Am Tisch schräg gegenüber wartete die Witwe von Alf Röber auf die Bedienung, um ihre Rechnung zu bezahlen. Justin kannte sie vom Sehen. Sie erinnerte ihn daran, dass für den Cranach ein Mensch sterben musste.

Leah ließ den letzten Löffel Eierlikörmousse auf ihrer Zunge zergehen. Nebenbei surfte sie mit dem Hashtag #Kitzingen auf ihrem Smartphone. Dabei musste sie daran denken, was sie Hermine versprochen hatte. Sie stieß auf Kitzingen.info, Kitzingenkanns.de, visit_kitzingen.de, Kitziblog.de. Kitzingen.de, Stadt-

Kitzingen.de, vgm-kitzingen.de, foerderverein-stadt-museum-kt.de u.e.m. *Du Justin, bei diesem Wetter können wir gerne mal ins Stadtmuseum gehen. – Ich glaube, das wurde geschlossen – Wie geschlossen, einfach so? – Keine Ahnung, jedenfalls es ist dicht.*

Dann hob Justin zum Zeichen, dass er bezahlen wollte, die Hand, und die dralle Bedienung kam angewackelt. *Haben sie noch einen Wunsch? – Ja bitte bringen sie uns noch fünf Wodka,* kam ihm Leah zuvor. Die Bedienung stutzte kurz. *Sehr wohl wie die Herrschaften wünschen – Nein, muss das jetzt schon wieder sein?* jammerte Justin.

Nachdem Justin zum wiederholten Male die Wodka Challenge verloren hatte, rief das Bestattungsinstitut an. Ob Justin bei der Einäscherung dabei sein wolle. *Sie können dann Anfang nächster Woche die Urne mit der Asche abholen. Gräberfeld 66 Baum 156 im Friedwald auf dem Schwanberg. – Okay haben sie das mit dem Leichenhemd geklärt? Nur das Beste was sie haben, bitte. Kann ich Hermine noch einmal sehen? – Lässt sich einrichten.*

Wäre es für dich sehr tragisch, wenn ich nicht in Kitzingen bleiben kann? Ist ein nettes Städtchen, aber mir fehlt der Bodensee und mein Lindau mit der Nähe zu Österreich, den Alpen, der Schweiz und Frankreich. – Dann bin ich ja ganz alleine. Na ja, es bringt

auch nix, wenn es dir hier nicht gefällt. War ein äu-
ßerst schlechter Start für dich hier. Justin schob seine
blaue Orange Juice Snapback Cap ein Stück nach
oben. *Zahlen bitte! – 95 Euro.* Justin schob großzügig
einen Hunderter hin, *passt scho. – Ach, die Wodkas*
habe ich vergessen, die machen nochmal 25 Euro,
sagte die nette Bedienung. *Du zahlst!* Leah musste lachen.

Bleibst du noch bis zur Beisetzung am Montag? –
Logo, ich hatte vor, über die Feiertage hier zu blei-
ben. Weißt du Justin, Liebe bedeutet nicht, dass es im-
mer einfach ist. Liebe bedeutet aber, dass es die Mühe
wert ist. Nur kann ich im Moment so viel Mühe leider
nicht aufbringen. – Schon gut, hab' verstanden.

Vor der Einäscherung konnte Justin Abschied von
seiner Hermine nehmen. Aufgebart lag sie in einem
Sarg aus Fichtenholz, wie sie es sich gewünscht hatte.
Das Leichenhemd glänzte in der Sonne, die für zehn
Minuten hinter den Wolken vorgekrochen kam. Natürlich musste Justin weinen, wie er seine beste
Freundin in dem Sarg liegen sah. Er erzählte ihr davon, dass Leah wieder nach Lindau zurückfuhr, von
80 000 Euro, und dass es Erich gut gehe. Dann küsste
er sie ein letztes Mal auf Stirn und Mund und ging.

Die Beisetzung am Montag im Friedwald auf dem
Schwanbergs verlief anfangs recht stimmungsvoll.
Hermine hatte sich Once upon a time in the west –

von Ennio Morricone gewünscht. Justin wusste das schon lange und hatte das Stück in seiner Playlist gespeichert. Der Wald hallte beim Klang der Bluetooth Box. Justin kniete vor dem Erdloch, in das die Urne versenkt wurde. Sein Gesicht drückte er auf ein Foto von Hermine und heulte dabei Rotz und Wasser. Es waren nicht viel Menschen gekommen. Chanoine Muller war Hals über Kopf aus Lindau angereist. Der Mann vom Tierschutzbund (Hermine spendete immer reichlich) wollte etwas sagen, er schaute in die Runde, aber Leah und zwei alte Frauen aus der Nachbarschaft schüttelten die Köpfe. Justin sank in das feuchte Eichenlaub. Sein Abschied war herzzerreißend. Chanoine und Leah zogen ihn hoch und setzten ihn in den bereitstehenden Golfcaddy. Er war verzweifelt, nicht mehr Herr seiner selbst. Ihnen kam es so vor, als hätte er am Grab noch einmal Kontakt mit seiner besten Freundin aufgenommen. Wer weiß das schon. Hermine war schon immer spirituell.

Polizeihauptkommissar Yogi Weber musste zu einem geheimen Ort in der Oberpfalz fahren. Dort begann am Morgen die Operation Schneeschmelze. Schwer bewaffnete Beamte vernichteten eine Rekordmenge an Kokain im Wert von 270 Millionen Euro.

Plötzlich reich!

Justin hatte sich wieder erholt. Leah tröstete ihn auf ihre Art. Am nächsten Tag hatten sie abermals einen Termin beim selben Kitzinger Notar.

Vorneweg eine Frage, haben sie eigentlich einen Schlüssel zum Appartement von Herrn Schobe? Justin verneinte und schaute dabei Leah fragend an. Die zuckte nur mit den Schultern.

Nun gut. Dann wollen wir mal loslegen. Also, Frau Hermine Zuckermandel hat Sie als Alleinerben einge-setzt. Sie musste dies nicht begründen. Aber da Frau Zuckermandel eine kluge Frau war, hat sie es den-noch getan und somit fällt es mir leicht, Sie zu fragen, ob Sie das Erbe annehmen. Sie haben ja sehr viel für die Frau gemacht und Sie beide standen sich sehr nahe. – Ja. – Ja was? Nehmen sie das Erbe an? – Ja, ich nehme das Erbe an. Erwiderte Justin förmlich.

Gut. Das Haus Fischergasse, der Hund Erich, dem sie ein würdiges Gnadenbrot geben müssen. Bargeld in Höhe von 240 Euro. Sparvermögen in Höhe von 126 700 Euro, mehrere Goldmünzen im Tresor der Sparkasse. Ein Haus am Hang in Sulzfeld mit zwei Hektar Weinberg. Also knapp eine Million alles in Al-lem. In den Unterlagen ist alles beschrieben. Herzli-chen Glückwunsch. Wenn sie Fragen haben, können sie sich jeder Zeit an mich wenden. Ab nächster Wo-che können sie über das Erbe verfügen.

Justin rang nach Worten. Es war in den letzten Tagen einfach zu viel für ihn gewesen.

Jetzt kannst du dir doch endlich deinen Scorpio** kaufen, lachte Leah. *Komm, wir holen uns eine Flasche Wodka beim Lidl.*

Es wurde ein Ford Scorpio Cosworth 1997, schwarz mit nur 40 000 km auf der Uhr, nix getuscht. Sehr gepflegt. Garagenwagen. Eine Frührentnerin aus Wiesentheid konnte ihn zwar nicht fahren, aber der Wagen erinnerte sie an ihren vor 20 Jahren verstorbenen Mann. *Ich habe den Wagen jeden Tag angeschaut. Aber jetzt ist eine Dachrinnen-Reparatur am Haus fällig, und ich muss ihn schweren Herzens verkaufen. Es fällt mir bestimmt nicht leicht. Passen Sie bitte auf den Scorpio gut auf.*

Justin schaute in die großen traurigen Augen der ansehnlichen Witwe und merkte, dass er ihr etwas wegnahm, an dem sie sehr hing. *Wenn Sie wollen, können Sie jederzeit bei mir in Kitzingen vorbeikommen, um den Scorpio anzuschauen.* Die Frau hatte Tränen in den Augen und schluchzte, *das ist sehr nett von ihnen, junger Mann.*

Sein Smartphone meldete sich. *Alder, was geht ab? – Bist du das, Ringo? – Ich ruf vom Handy meiner neuen Lebensgefährtin an. – Wo steckst du? – Tut nix*

*zur Sache, wie weit bist du mit dem Verkauf? – Lang-
sam mein Freund. Heute habe ich Hermine beerdigt.
– Das tut mir leid. – Ich melde mich, okay?*

*Justin, ich hab's mir überlegt, ich werde Weihnach-
ten doch bei meiner Familie feiern. Ich hoffe, du verstehst das.* Mit diesen Worten überrumpelte Leah, unter der Bettdecke vorlugend, Justin an diesem nebel-
verhangenen Dezembermorgen. *Das Wetter hier
macht mir auch zu schaffen. Übermorgen fahre ich
schon ins sonnige Tessin. – Ich muss das nicht verstehen, es ist deine Entscheidung, Leah.* Justin kämpfte
damit, seine Enttäuschung zu verbergen. – *Ich weiß.
Jedenfalls, fünf Wodka stehen für dich immer bereit
bei mir.* Beide lachten, doch Justin war eigentlich
zum Heulen zumute. Leah sprang aus dem Bett,
hüpfte in ihre enge Jeans, Funktionsshirt drüber, Stiefel an und Daunenjacke drüber. *Also, Tschüss dann.
Mach's gut und lass den Kopf nicht hängen, es wird
alles gut. Wir sehen uns wieder, ganz bestimmt.* Weg
war sie, noch vor dem Frühstück, und Justin war alleine.

Justin saß gedankenverloren am Küchentisch. Hunger
hatte er keinen. Nur einen Kaffee hatte er sich aufgebrüht. Es klingelte. Justin jumpte hinunter. Zum
Trübsal blasen blieb ihm keine Zeit.

Grüß Gott, Mike Schwertfeger mein Name. Immo en gros et en detail. Wissen Sie, wem das Haus gegenüber gehört? Der sanfte Händedruck erinnerte ihn an einen katholischen Pfarrer. Justin musterte ihn von oben bis unten. Bunter Cardigan Mohair unter mintfarbener Lederjacke, Trade Jeans und passende Sneakers dazu. *Nicht schon wieder ein Schwuler,* dachte er. – *Haben Sie verstanden, was ich sage?* Justin schreckte aus seinen Gedanken auf, er fragte den Paradiesvogel, wozu er das wissen wolle. *Sie sagen mir, was sie hier wollen und ich sage Ihnen, wem die Hütte gehört.* – *Okay, ich möchte für ein größeres Sanierungsprojekt in der Fischerstraße so viele Häuser kaufen wie es geht. Wir zahlen gut.* – *Wollen sie nicht reinkommen?* Erwiderte Justin.

Im Treppenaufgang fiel dem Makler ein muffiger Geruch auf, wie er in alten Häusern oft im Winter entsteht.

Eigentlich habe ich keine Zeit, Sie wissen ja, Weihnachten steht vor der Tür. – *Setzen Sie sich. Möchten Sie einen Tee oder lieber Kaffee?* Mike Schwertfeger dachte, dass der Typ ja auch nett sein kann. – *Gerne!* – *Also, beide Häuser gehören mir. Und jetzt bin ich auf ihr Angebot gespannt.*

Ich sag's mal so, um ein genaues Angebot zu machen, muss ich erst wissen, wie viele Hausbesitzer in ihrer Nachbarschaft bereit sind, ihre Liegenschaften zu *verkaufen. Ich denke so 150 000 pro Haus sind realistisch. Soll ja dann alles abgerissen werden. – Gut zu wissen. Ich überlege es mir. Ich wess natürlich auch, dass des alles a weng *lidschäftg aussieht,* entfuhr es Justin.

Schwertfeger rührte den Tee nicht an. Gewiss war ihm die Tasse mit dem Motiv des Würzburger Weihnachtsmarktes von 2006 und dem angestoßenen Rand zu schmuddelig. *Kann ich Ihnen sonst noch was anbieten, Mantel, Taxi?* Fragte Justin lächelnd. Schwertfeger verabschiedete sich höflich, aber mit saurem Gesichtsausdruck und ging. *Unangenehmer Typ, aber unterhaltsam,* dachte Justin.

Er sank auf seine durchgelegene Couch und schlief ein. Er träumte. Erst Nebel, dann begegnete ihm Hermine im Traum. Sie sagte sowas wie *die Nächste wird die Richtige für dich sein, mein Kleiner*. Als er aufwachte, ging er schnurstracks zu seinem Anrufbeantworter, um Hermines Stimme zu hören. *Justin, vergiss nicht, die blauen Papiertonnen hinauszuschieben. Bist ein Schatz. Fühl dich gedrückt.* Justin weinte erneut.

Doch die Tränen vergingen und seine Laune besserte sich. Er dachte daran, mit dem Scorpio eine Spritztour in den Steigerwald zu machen, um dort in einem Gasthaus etwas Gutes zu essen. Der Scorpio mit dem History Kennzeichen gab ihm ein geiles Gefühl. *Ein H ist schon etwas anderes als so ein scheiß E,* dachte er. Am Ortsausgang von Wiesentheid, Richtung Geesdorf, gegenüber vom Lidlmarkt erblickte er plötzlich Sophie Denges, die Vorbesitzerin des Scorpio, die traurig zu ihm rüber schaute. Er drehte mit der Handkurbel die Scheibe herunter und rief der Frau zu, ob er sie irgendwohin fahren könne. Die Dame verstand nur, ob sie mitfahren wolle.

Dann mal los, wohin wollen Sie mich denn entführen? – Hüsteln bei Justin. *Okay, dann also on the road again.* Passend im Autoradio das Lied von Canned Heat. Die aus einem Missverständnis geborene Spritztour entwickelte sich zu einem Flirt, der mit einem Küsschen zum Abschied endete. *Wollen wir das wieder einmal machen? – Sehr gerne, bleiben Sie gesund und vielen Dank!*

Gesundheitsminister Karl Lauterbach sagt eine fünfte Corona-Welle durch die neue Omikron-Variante voraus. *Ich gehe von einer massiven fünften Welle aus, wir müssen davon ausgehen, dass die Omikron-Welle, vor der wir jetzt stehen, die wir aus meiner Sicht nicht verhindern können, eine enorme Herausforderung wird für unsere Krankenhäuser, für unsere Intensivstationen, aber auch für die Gesellschaft in der Gänze.*

Nach einem stressigen Tag kam Hatterer abends nach Hause. Die Ermittlungen zum Mord oder Totschlag im Stadtmuseum treten weiter auf der Stelle. Von Bodo Schilling weiterhin keine Spur. Gökdan Yilmaz mussten sie unter Auflagen auf freien Fuß setzen. Paul Schrenker sitzt weiterhin in U-Haft in Brandenburg. Als Hatterer seine Haustür in Kaltensondheim aufsperrte, traute er seinen Ohren nicht. Großtante Petra hat Spotify entdeckt und aus dem ersten Stock dröhnte in voller Lautstärke BAP:

Verdamp lang her, dat ich fast alles ähnz nohm.
Verdamp lang her, dat ich ahn jet jejläuv
Un dann dä Schock, wie et anders op mich zokohm,
Merkwürdich, wo su manche Haas langläuf.
Nit resigniert, nur reichlich desillusioniert.
E bessje jet hann ich kapiert.
.....
Der kleine Delcy hüpfte im Takt um den Wohnzimmertisch, und auf der Couch hockte völlig erschöpft Großtante Petra. *Ming jung de sühst gestresst us. Ävver dat es endoch e tolle Musik. Danke dat ehr mr dieses Spotvy eingerichtet habt.* Hatterer dann vorwurfsvoll, *ja, kannst du trotzdem ein bisschen leiser machen!*

Als Hatterer leicht genervt in die Küche ging, klopfte Nachbar Schlereth ans Fenster und winkte. *Arne komm, wir machen einen Spaziergang. Ich muss dir unbedingt was Interessantes zeigen.*
Es herrschte immer noch nasskaltes Wetter. Schlereth führte Hatterer im Dunkeln aus dem Dorf heraus, über die frisch geteerte Auffahrtsstraße hinauf zu den Waldgebieten Klinge und Esbach. Vorbei an den Hin-

kelsteinen, schnurstracks zu den verlassenen Atomwaffenbunkern auf einer Anhöhe hinter dem Wald. Die Bunker wurden bis 2007 von der US-Armee als Sondermunitionslager betrieben. Nach Überzeugung der Kitzinger wurden dort zeitweilig auch *Pershingraketen mit Atomsprengköpfen gelagert. Schleret leuchtete mit seiner LED-Taschenlampe auf ein Loch im stacheldrahtgesicherten Zaun. *Da durch, Arne. Dann bis da vorne, zum ersten Bunker.* Vor ihnen erhob sich als schwarze Wand der Erdbunker in Hangarform. Schlereth bewegte das haushohe Schiebetor aus zentimeterdicken Stahlplatten. Dann betraten sie die riesige Betonhalle. Es roch merkwürdig, nach Altöl und Schafmist. Im Lichtkegel der Taschenlampe erschien eine große Ansammlung von verschiedenen Antiquitäten. Bei der ersten Augenscheinnahme kam Hatterer der Gedanke, dass die Möbelstücke aus dem Kitzinger Stadtmuseum stammen könnten. Er rief beim Dauerdienst an. Wegen den Corona-Demonstrationen der Querdenker in Würzburg war dort aber zurzeit niemand abkömmlich. *Danke dir Herbert, das hast du gut gemacht!* Die Aufregung wich der Erleichterung. Vielleicht war dies das fehlende Puzzleteil ihres Falls. – *Passt scho, jetzt trinken wir aber erstmal ein Huppendorfer.* Herbert Schleret nahm seinen Rucksack ab und zog zwei Flaschen Bier heraus. *Prost!*

Am nächsten Morgen schickte Hatterer sein Dreamteam aus Harald Schloderer und Vera Dusch zu dem Lost Place auf dem Berg, um die antiken Möbel

zu fotografieren und alles zu dokumentieren. Schlo-
derer übermittelte am Nachmittag ein paar markante
Fingerabdrücke. Yogi verglich sie mit den bekannten
Verdächtigen, daraufhin wurde gegen Gökdan
Yilmaz Haftbefehl erlassen.

Fünf Monate vorher

Der August heuer war nicht der erwartete Hitzesommer wie in den Jahren davor. Die Sonne ließ sich nur selten hinter den Regenwolken blicken. Alf Röber machte Mittagspause. Spazierte an der Alten Brücke vorbei hinunter zum Main, der vom Rathaus nur wenige Schritte entfernt ist. Es war Food Truck-Mittwoch. Er bestellte sich eine doppelte Portion Falafel. Frittierte Bällchen aus Kichererbsen mit Sesam und Gewürzen, dazu ein Zwiebel-Chutney und ein Mango Lassi. Er setzte sich auf die einzige noch freie Bank mit Blick auf den Fluss. Die Augustsonne verbreitete wohlige Wärme auf seinem Gesicht. Gerade, als er sich über die erste Falafelkugel hermachte, sprach ihn eine Frauenstimme an, *Entschuldigung, ist hier noch frei?* Eine attraktive Frau mittleren Alters lächelte ihn an. *Na klar, bitte schön, nehmen Sie Platz.* Betont freundlich und langgezogen sagte sie *Daanke! Keine Angst, ich bin zweimal geimpft und auch schon geboostert. – Alles gut, setzen Sie sich. – Was haben sie denn da Leckeres?* Röber erklärte ihr ausführlich das orientalische Gericht und begann schließlich zu essen. *Guten Appetit. Ich fange auch mal an! – Was gibt es denn bei Ihnen Feines? – Was Gesundes, Salat – Aha, sind sie Vegetarierin oder noch Schlimmeres?* Sie lachte herzhaft. – *Nein, das ist Fleischsalat!* Jetzt lachten beide. *Na, dann mal guten Appetit.* Sie schauten sich in die Augen, lächelten und aßen. Er vergaß die Zeit. *Es wird langsam kühl,* sagte die Frau schließlich. *Haben sie gesehen, wir sind die einzigen, die im*

Schatten sitzen. Die Regenpfützen vom Morgen waren inzwischen getrocknet. *Also, ich muss dann wieder.* Sie nahm einen Filzstift aus ihrer Tasche, die aus alten LKW-Planen gefertigt war und schrieb ihre Handynummer auf den Handrücken des verdutzten Röber. *Emilia. – Ähmm, Alf.* Er war immer noch perplex und winkte ihr nach, als sie sich schon umgedreht hatte und davoneilte.

Frauen brauchen, anders als ein Großteil der Männer, zum Beziehungsglück emotionale wie intellektuelle Zuwendung, etwa in Form von Verführung, Austausch, Gesprächen, Kommunikation Aufmerksamkeit und Wertschätzung. Im Laufe einer Ehe bleiben diese Dinge aber nicht selten auf der Strecke. Röbers Ehefrau war herzensgut und überall beliebt, aber ein unscheinbares Mauerblümchen. Der junge Röber bevorzugte ganz andere Freundinnen. Er hat sie dann trotzdem geheiratet. Sie stammte aus einer wohlhabenden Etwashäuser Gärtnerfamilie und die Ehe mit ihr versprach dem unehelichen Sohn eines amerikanischen Soldaten einen Aufstieg in der Kitzinger Gesellschaft.

Morgens ging es hektisch zu, abends waren beide platt, am Wochenende war immer irgendetwas los. Sie lebten sich auseinander. Irgendwie hatten sie sich entliebt. Röber kam diese bittere Erkenntnis in den Sinn, als er die Handynummer der schönen Emilia in sein Smartphone einspeicherte. *Wie lange hatte er mit seiner Angetrauten schon keinen Sex mehr gehabt?*

Sie lebten nebeneinander her. Alles war zur Routine verkommen.

Wie zufällig trafen sich Emilia und Alf weitere Male in der Mittagspause, gingen spazieren und unterhielten sich angeregt. Bald folgte der erste Kuss. Es funkte zwischen den beiden gewaltig.

Die Mittagspause wurde für Röber das Highlight des Tages. Sie gingen spazieren. Auf abseits liegenden Wegen, am Bahndamm entlang, immer öfter händchenhaltend. Wenn sie sich unbeobachtet fühlten, knutschten sie minutenlang. Er hörte ihr aufmerksam zu, als sie zurück zum Parkplatz liefen. Er hing an ihren Lippen und ging auf alles ein, was sie sagte. Beim Treffen am nächsten Tag erinnerte er sich noch daran, dass sie gelbe Gummibärchen liebt und sich als Kind eine Narbe am Knie zugezogen hatte. Sie spürte, dass es ihn wirklich erwischt hatte und er nicht so ein oberflächlicher Typ war.

Ich habe zwar nur ein bescheidenes Heim, aber wenn du magst, können wir uns morgen da treffen. Sie umarmte ihn und griff ihm in den Schritt, wo sie sein Begehren fühlte.

In der Mittagspause des nächsten Tages tigerte Röber die Herrnstraße hinauf, durch die Ritter- und Falterstraße, über die Ampel durch den städtischen Rosengarten. Emilias Einzimmerappartement lag genau gegenüber, in dem neugebauten Betonklotz. Nicht schön, aber funktional. Sie hatte ihm einen Schlüssel gegeben. Er war aufgeregt. *Im dritten Stock die Türe in der Mitte,* hatte sie wohl gesagt. Der Schlüssel passte nicht. Er probierte die linke, auch nicht. Rechts passte er schließlich. Nicht genau zugehört, seine alte Schwäche. Er war noch nie so schnell aus den Klamotten. Er wird es niemals vergessen, es war himmlisch. Weil die Beziehung geheim bleiben musste, hingen sie umso leidenschaftlicher aneinander. Was auch immer der Grund dafür sein mag, Studien belegen, dass eine geheime Liebschaft die Leidenschaft beflügelt. Sie kann zu obsessiver Liebe führen und den Partner viel attraktiver erscheinen lassen, als er in Wirklichkeit ist. So war es dann auch bei den beiden. Sex ohne Tabus. Nach wenigen Tagen begann Röber Emilia auch immer öfters abends zu besuchen. Er brachte Falafel mit oder Bratnudel mit Shrimps. Oder er kochte selber eine Kleinigkeit. Meistens nackt, nur mit einem Vorbinder bekleidet. So gefiel den beiden das Leben. Röber zog immer häufiger in Erwägung, sich von seiner Frau scheiden zu lassen. Das Leben gehört den Liebenden. Vor allem seine Geliebte drängte ihn immer mehr, sich von seiner Frau zu trennen. Sie liebte ihn und sie wollte ihn ganz.

Kunstkenner Bodo Schilling hatte genaue Vorstellungen, was sie bei Ihrer Aktion außer dem Cranach *noch alles einpacken würden. Neben einigen alten Möbelstücken waren es die Reumann-Weihersche Abendmahlskanne aus Silber vergoldet, Meistermarke MD, Beschauzeichen Nürnberg, ein weiteres

Portrait von Alfred Buchner, gemalt von seiner Schwester, der berühmten Impressionistin Berta Kaiser, ein dreiteiliges Ölgefäß auf Engelsfüßen aus Gold, Leihgabe der Katholischen Pfarrgemeinde Kitzingen, und da war dann noch der Prager Groschen mit Gegenstempel Silber, 23 Gramm, Durchmesser 2,5 cm Fundort unbekannt im freien Münzhandel gekauft vom Förderverein des Museums. Dann das Schwanensofa im Stil des Spätempire musste auch unbedingt mit. Schilling hatte vor Wochen bei einer Begehung des Museums mit Röber darauf bestanden, alles genau unter die Lupe zu nehmen. Auf seiner umfangreichen Beuteliste standen aber auch eine wertvolle Rokoko Kommode aus Nussbaum- und Kirschbaumholz, ein seltener Empire Schrank, ein Barocker Brettstuhl, der früher einmal im Repperndorfer Rathaus stand, und natürlich das wertvollste Stück des Museums der Tucherschrank, er wurde zur Unterbringung der berühmten Paul Eber Bibel angefertigt. Er gilt als der älteste bekannte eingeschossige Fassadenschrank der Renaissance und ist in der europäischen Möbelforschung einschlägig bekannt. Bodo Schilling wusste auch schon, wer an diesem Stück Interesse hat.

Alf Röbers Frau fiel es in den ersten Wochen nicht gleich auf, was ihr Ehegatte trieb. Zu sehr lebten sie bereits aneinander vorbei. Aber mit der Zeit wurde sie misstrauisch. Er war abends kaum noch daheim, hatte immer irgendwelche Verpflichtungen. Es war so gar nichts mehr übrig geblieben aus der Zeit, an die sie sich gerne zurückerinnerte. Das eine oder andere Mal folgte sie ihm unauffällig, was ihr aber nicht richtig glückte, da er viel schneller lief als sie und auf verschiedenen Wegen die Schmiedelstraße erreichte.

Es war am Abend des 16. September. Melanie Röber ging gerade von ihrem Modellschnitzkurs in der VHS, der ihr im Übrigen sehr gut gefiel, zu ihrem Auto, das sie in der Tiefgarage an der neuen Mainbrücke geparkt hatte. Es war spät geworden, eine Kursteilnehmerin hatte sie noch auf eine Tasse Tee eingeladen und sie verquatschten sich.

Sie traute ihren Augen nicht. Ihr Ehegatte stand am Hintereingang des Städtischen Museums. Er schien drei Männern die Sicherheitstür des Museums aufzuhalten, die kurz zuvor mit einem weißen Transporter angekommen waren. Sie sah, wie die Männer einige Möbelstücke heraustrugen. Die Sonne war schon lange untergegangen, es war schon ziemlich Dunkel und die schale Straßenbeleuchtung warf ein trübes Licht auf die Szene. Die Männer verschwanden wieder im Museum. Jetzt war sie neugierig und huschte durch den weit geöffneten Hintereingang hinein. Sie hörte ihren wütenden Mann lauthals schimpfen. *So war das nicht ausgemacht! – Schnauze, denkst du wir machen das hier für ein Butterbrot, für das alte holzwurmzerfressene Sperrgut. Du bekommst deinen Anteil, wie ausgemacht, und jetzt lass uns vorne raus. Servus!*

Schäumend vor Wut kam er zurück zur Tür. Doch als sein Smartphone sich meldete, machte er plötzlich ein frohes Gesicht. *Cherie, schön, dass du anrufst. Ich kann heute Abend leider nicht mehr vorbeikommen. Aber ich mach meiner alten Fregatte heute klar, dass ich mich von ihr trenne und morgen sind wir frei. Keine Geheimniskrämereien mehr, versprochen. Bussie. Schlaf gut, bis morgen Mittag, mein Schatz. Was wäre das Leben ohne dich!*

In diesem Moment platzte Melanie Röber der Kragen. Sie kam hinter ihrer Deckung aus gestapelten Umzugskartons hervor.

Was war das denn gerade? Schrie sie ihren Ehemann an. *Fregatte, ja? Du bist das Allerletzte.* Röber blickte verdutzt zu seiner Frau. *So a Saudumms Gschmarr. Spionierst du mir nach? Schade, dass du es so erfahren musst. – Du bist so eine Drecksau! – Komm jetzt, mach hier nicht auf enttäuschte Ehefrau. Du bist doch nur noch eine frigide Kopie von der Frau, die ich einmal geheiratet habe. Mir ist das jetzt to much. Unsere gemeinsame Zeit ist vorbei. Das werden wohl unsere Anwälte klären müssen. Du findest alleine raus. Good Luck.*

Sagte er und kehrte Ihr den Rücken zu, um in Richtung Ausgang zu watscheln. Melanie Röber kochte, sie griff zum nächstbesten Gegenstand, der ihr in die Finger kam. Mit beiden Händen stemmte sie die gewaltige Zinnkanne der Kitzinger Fischer- und Schifferzunft aus dem 17. Jahrhundert in die Höhe. *Du Schuft!* Beim Ausholen hörte sie noch sein fieses Lachen. Dann lag ihr Mann vor ihr auf dem Boden. *Mein Gott, was habe ich gemacht? Er hat es nicht anders verdient!*

Schnell wurde sie wieder völlig klar im Kopf. Sie wischte mit einem Tuch die Zinnkanne ab und stellte sie wieder dorthin zurück, wo sie vorher stand. Dann ging sie in die Tiefgarage, die nur wenige Meter vom Hinterausgang des Museums entfernt liegt, setzte sich in ihr Auto und fuhr unbemerkt nach Hause.

Röbers Leichnam wurde wegen Überlastung der Pathologie erst kurz vor Weihnachten freigegeben. Die Beerdigung des stadtbekannten Verwaltungsbeamten fand unter Beteiligung prominenter Lokalpolitiker auf dem Neuen Friedhof statt. Melanie Röber musste hunderte Hände schütteln. Auch Hatterer war gekommen. *Mein herzliches Beileid!* Er schaute sie an und ging nachdenklich weiter. Sein Instinkt sagte ihm, dass etwas nicht stimmte mit dieser Frau. Beim Verlassen des Friedhofes fiel ihm eine Dame mit Sonnenbrille auf, die etwas abseits stand. Es war Emilia. Später legte sie unbemerkt drei weiße Callas am Grab ihres Geliebten nieder.

Erich leckte gerade den Fressnapf aus. *Mit Rind, Buchweizen, Rote Beete und Pfirsich machst'e bei*

Erich nie was verkehrt. Das kann der jeden Tag essen. Das waren Ratschläge von seiner verstorbenen Freundin Hermine, an die er sich noch lebhaft erinnerte. Justin bekam einen Anruf von Ringo, was denn jetzt Sache sei. Justin machte ihm klar, dass er keinen Bock mehr auf das Scheißbild habe. *Du hast jetzt zwei Möglichkeiten, Bodo, entweder du holst dir das Bild und kommst aus deiner Komfortzone raus oder du sagst mir deine Adresse und ich fahre es zu dir hin.*

Rathenow, Am Sportplatz 10. – Moment, lass mich kurz googeln. Es dauerte eine Weile dann sein *Okay, mit den ganzen Baustellen brauch ich da fünf Stunden. Ich schick dir eine Whatsapp, wenn ich losfahre. Stichwort Painting. Okay? – Danke, ja ist okay.*

Justin überlegte kurz, dann rief er bei Sophie Denges an, ob sie Lust auf einen Road Trip nach Brandenburg habe. *Wie stellen Sie sich das vor, solange kennen wir uns doch noch gar nicht. – Ja oder nein? Ich mag jetzt nicht diskutieren. – Naja, wenn sie mir das Messer so auf die Brust setzen, komme ich natürlich mit. Ich fühle mich in ihrer Nähe ja irgendwie geborgen und wohl. Wann soll es denn losgehen? – Geht doch, ich bin morgen früh um vier bei Ihnen.* Er wartete nicht auf die Antwort, sondern drückte das Gespräch weg.

Justin entkorkte eine Flasche Rotwein Sessantanni Primitivo di Manduria DOC 2018 und holte die Tüte mit den leckeren Muskazinen hervor, die er vor Kurzem in Dettelbach gekauft hatte. Wieso er dieses würzige Gebäck so gerne mochte, konnte er gar nicht sagen. Überhaupt, gönnte er sich in den letzten Tagen Sachen, die für ihn früher nicht wichtig waren. Sie sind ihm immer noch nicht so wichtig, doch jetzt hat er nun mal die Kohle dazu, sie sich jederzeit zu leisten. Sein Smartphone meldete sich. Es ist sein alter Freund Kraxler, den er aus gemeinsamen Tagen in Chile kennt. Er sei jetzt wieder in Deutschland und würde sich freuen, ihn wieder einmal zu treffen. *Okay, mein Freund, wann denkst du, dass du mal vorbeikommst. – Ich denke, im Frühjahr, wenn es wieder wärmer wird. Ich bring dann mein E-Bike mit. – Gute Idee. Würde mich freuen.*

Danach ging er zu Bett. Er schaltete seine Schlafmusik auf Endlosschleife Reprise von Mobi. Der US-Musiker hat auf diesem Album die persönlichen Höhepunkte seines Schaffens neu interpretiert. Einige seiner bekanntesten Klassiker hat er jetzt für Orchester und akustische Instrumente arrangiert und gemeinsam mit dem Budapest Art Orchestra eingespielt. Sensationell, fand Justin und schlief rasch ein.

Justin hatte den Scorpio in einer Dettelbacher Werkstatt komplett durchchecken lassen und zahlte dafür nochmal so viel, wie ihn der Wagen selbst gekostet hatte. Pünktlich um vier Uhr fuhr er in den Hof von Sophia Denges. Als sie zur Türe herauskam, erschien sie ihm in der spärlichen Hofbeleuchtung wie ein Engel. Sein Herz pochte schon wieder. Justin stieg aus und hielt ihr die Türe auf. So etwas hatte er noch nie gemacht. *Guten Morgen, alles klar?* Küsschen auf die Wangen. Ein angenehmer Duft verbreitete sich im Fahrzeug. *Vier Uhr ist schon gescheit früh. Aber erstmal guten Morgen, mein lieber Justin. Bin trotzdem froh, dass du mich mitnimmst. – Ich freue mich, dass du mitkommst. – In der Thermoskanne habe ich Kaffee dabei, soll ich dir einen Becher einschenken? – Gerne.* Justin schob seine Snapback Cap ein Stück nach oben. In einem Körbchen hatte Sophia mit Liebe belegte Brote mitgebracht.

Wo fahren wir hin? Ich habe zwar blindes Vertrauen in dich, aber es wäre trotzdem schön, wenn ich erfahren dürfte, wohin die Reise geht. – Habe ich das noch nicht gesagt? Also, es geht nach Rathenow bei Berlin. Ich muss da was abgeben. Die WhatsApp an Ringo hatte er bereits am Morgen gesendet.

Im Autoradio kam schon bald die Meldung, dass an diesem Sonntag, dem vierten Advent, in Nürnberg Tausende Demonstranten erwartet werden. Auf der einen Seite protestieren die Teilnehmer gegen die Corona-Maßnahmen, auf der anderen Seite wurden Gegen-Kundgebungen angemeldet. Allein auf dem Volksfestplatz sollen sich, bereits um 6 Uhr in der Frühe, mehr als 10 000 Menschen versammelt haben.

Hatterer hatte sich eine heftige Erkältung zugezogen und sich krankschreiben lassen. 41 Fieber, Bronchitis und permanentes Nasenbluten sind kein Spaß. Ausgerechnet kurz vor Weihnachten. Die Ermittlungen ruhten. Hildie pflegte ihren Arne so gut es eben geht. Nach einigen Tagen werden Antibiotika und Codein-Tropfen ihn wieder auf die Beine bringen. Er dachte darüber nach, wie sich in dem ungelösten Fall die Schicksale von Menschen kreuzten.

Justin und Sophia sind nach exakt 5 Stunden am Ziel angekommen. Eine dralle Dame öffnet die Tür. *Ist Bodo da? – Moment. Riiingo, Besuch!* Bodo kam angelatscht. Der Schlafanzug schien ein bisschen zu groß zu sein. Justin fragte ihn, ob er abgenommen habe. *Alte Rübe, wie lange willst du das durchstehen? –* Ringo lacht. *Schön, dich zu sehen und dass du es bis hierher geschafft hast. – Ja, passt scho, ich musste das noch erledigen, dann schmeckt die Weihnachtsgans saftiger.* Alle vier lachten. *Likörchen?* Peggy schaut fragend in die Runde. *Lass mal Süße, wir trinken später was zusammen. Justin kommst du mit nach draußen?*

Justin zu Ringo, *ich habe dich fast nicht wieder erkannt. Du hast wirklich abgenommen, dann der Bart und die neue Brille. Keine Ringe mehr. Fühlst du dich da nicht aweng nackt. – Laber nicht rum, wo ist das Bild? – Moment, nicht so hektisch. Friedrich Nietzsche sagte schon, Allgemein ist die Hast, weil jeder auf der Flucht vor sich selbst ist. –* Ringo rollte mit den Augen. *Wo hast du denn diesen Spruch aufgega-belt. Komm, mach den Kofferraum auf.*

Endlich hielt er den Cranach wieder in den Händen. *In zwei Tagen kommt der Weihnachtsmann,* dachte er, *und bringt die Knete.*

Justin war wieder ins Haus gegangen. Die Frauen sa-ßen vor dem 98 Zoll-Bildschirm und amüsierten sich. Genau gesagt, waren es drei Frauen. Melisonde, Peg-gys beste Freundin, war zu ihr gezogen, sie saß etwas abseits. In einem Beitrag wurde vom *Sausage Dog Walk berichtet. Rund 1000 verkleidete Dackel warten auf den Bildern, um mit ihren Zweibeinern in London Hyde Park am Sausage Walk teilzunehmen. Dackel wohin die Kamera schwenkt.

Pack mers? – Yep! Justin hielt Sophia die Türe auf. Bodo, Peggy und Melisonde winkten zum Abschied. Der Scorpio pflügte durch den dünnen Schneebelag des Betonweges. *Jetzt wäre ein Kaffee recht. Oder was meinst du. Sorry Sie. – Justin halten Sie bitte mal da vorne an, bevor wir auf die Hauptstraße einbie-gen.* Das Wetter war immer noch nebelverhangen. Als Justin hielt, löste Sophia ihren Gurt, kniete sich auf den Autositz und zog Justin ganz nahe zu sich hin. *Was wird das jetzt?* Fragte Justin verdutzt. Sophia legte ihren Zeigefinger auf seinen Mund und flüsterte ihn dabei ins Ohr, dies sei ihre Art, ihm das Du anzu-bieten. Danach folgte ein langer leidenschaftlicher Kuss. *Ich gehöre nicht zu denjenigen, die zu früh klopfen, aber das musste einfach sein, jetzt,* erklärte Sophia. Im Autoradio lief gerade Better Days von Graham Nash. *Okay Sophia, so wie es aussieht, haben wir beide uns ineinander verliebt. – Lieber Justin. Ja. Wir stehen am Anfang einer ganz wunderbaren Zeit. Aber was ich dich fragen wollte, führt dein Freund eine Dreiecksbeziehung?* Justin überlegte, was er darauf erwidern sollte. *Sieht ganz danach aus. Ich glaube, Bodo ist sexsüchtig. Aber, so war er schon immer. – Kannst du denn Bodos Gefühle für Frauen nachempfinden?* Justin zögerte einen Moment, *nein, eigentlich nicht.*

Er startete den Motor und sie fuhren mit einem saugutem Gefühl in eine nebulöse Zukunft.

Bundeswirtschaftsminister Robert Habeck hat sich für ein Nachschärfen der Corona-Maßnahmen ausgesprochen. *Ich bin mir sicher, dass Clubs und Diskotheken schließen werden,* sagt der Grünen-Politiker im Deutschlandfunk. Zudem müssten Kontakte auch für Geimpfte in Innenräumen reduziert werden. Es werde nicht alles lahmgelegt werden, *aber wir müssen sicherlich nachschärfen bei den Maßnahmen.* Mit einem Lockdown, in dem auch Schulen und Kitas geschlossen und Kulturveranstaltungen gestrichen würden, solle man nicht leichtfertig umgehen. *Wenn wir schlau sind, machen wir differenzierte Maßnahmen.* Wenn diese früh und konsequent umgesetzt würden, wie das Tragen von FFP2-Masken, *dann bleibt uns anderes hoffentlich erspart*, so Habeck. Er gehe davon aus, dass dies Gegenstand der Bund-Länder-Beratungen am Dienstag sein werden.

Bei der Sportlerehrung in Baden-Baden wurde als Mannschaft des Jahres der Bahnvierer der Frauen gekürt, Alexander Zverev wurde es bei den Männern und Malaika Mihambo bei den Frauen. Zum dritten Mal in Folge wurde sie Sportlerin des Jahres.

Auf Sport eins wurde zur gleichen Zeit die Dart WM in England gezeigt.

Hatterer wurde von einem Fiebertraum geplagt. Er sah verschwommen Melanie Röber, wie sie ihrem Mann den Schädel einschlug. Dazu tauchte im Traum immer wieder die Frau vom Friedhof auf. Als er am Morgen durchgeschwitzt aufwachte, wusste er kaum noch was davon. Einen Satz aus dem Traum hatte er jedoch noch im Kopf. *Folge der Spur der Körpersäfte!*

Als Justin den Motor abstellte, stand der Wagen am Ostseestrand von Grömitz. *Komm, lass uns eine paar Meter gehen.* Sagte er zu seiner neuen Flamme. *Dann suchen wir uns eine schöne Unterkunft.* Justin war nervös. Das Verliebtsein hat ihm schon immer gefallen. Gleichzeitig hatte er eine gehörige Portion Angst, dass ihm der Zipfel vom Paradies durch die Lappen ging. Stotternd fragte er Sophia Denges, wie alt sie eigentlich sei. *Das ist jetzt aber nicht sehr galant von dir. Ich sag's dir aber trotzdem. Ich glaube, ich bin älter wie du. – Na, sag schon. Mir macht das nichts aus.* Sophia zögerte einen Moment, dann rannte sie los, hinein in die Sanddünen. Verdutzt rannte Justin ihr hinterher. Es dauerte ein Weilchen, bis er sie am menschenleeren Strand eingeholt hatte. Sie drückten sich fest und fielen zusammen in den Sand. Sophia begann ihn zu küssen, was er leidenschaftlich erwiderte. Sie wälzten sich im Sand. *Wie alt schätzt du mich? Na komm schon, sag es. – 60? – Fast. Schmeichler. Ich bin 62 und du bist? – 59. – Okay!* Sie küssten sich weiter. Irgendwann kehrten sie zum Scorpio zurück, um sich ein Hotel zu suchen.

Hatterer ließ sich, zur Unbill seiner Chefin, über die Feiertage krankschreiben. Yogi und Mathilda fuhren in den seit langem geplanten Winterurlaub. Trotz der verschärften Maßnahmen geht es nach Österreich. In der Wintersaison 2021/22 werden dort viele Wintersportaktivitäten unter besonderen Sicherheitsmaßnahmen stattfinden. Es gilt die 2-G-Regel in zahlreichen Bereichen inklusive Gastronomie, Beherbergung und Seilbahnen. Zusätzlich besteht an allen öffentlich zugänglichen Indoor-Bereichen, inklusive Seilbahnen, FFP2-Maskenpflicht. Die Einreisebestimmungen wurden verschärft, um die Omikron-Variante des Coronavirus einzudämmen. Wer dreifach gegen Corona geimpft ist, kommt noch ohne Weiteres ins Land. Ansonsten gilt seit Mitternacht die 2G plus-Regel.

Harald Schloderer und seine „Lieblingskollegin" Vera Dusch schoben freiwillig Dienst bis zum Dreikönigstag. Es war ganz ungewöhnlich, dass der Feiertagsdienst so lange dauerte. Doch beide hofften, auf diese Weise ihr miserables kollegiales Verhältnis zu reparieren. Dabei nahmen sie in Kauf, dass man über sie tuschelte und dumme Witze machte. Zumal beide niemanden hatten, der daheim auf sie wartete.

In einem Sporthotel spürt Sophia endgültig, dass sie bei Justin nicht so selbstlos gehandelt hatte, wie es ihr noch zu Beginn der Reise vorkam. Sie wusste nicht, was genau an dem Kerl sie fasziniert, aber es war mehr als einfach nur Sympathie. Dass sie ihn liebt, hat sie ihm gesagt. Die Nacht im Sporthotel verbrachten sie schlaflos. Obwohl sie keinen Sex hatten, waren Amors Pfeile abgeschossen und hatten ihre Herzen getroffen.

Vera Dusch nahm sich derweil noch einmal die Akten des Falls vor. Einerseits hatte sie wegen ihres Klinikaufenthaltes nicht alles gelesen, andererseits hatte sie das Gefühl, dass bei der Ermittlung etwas Wichtiges übersehen worden war. Vera war der Typ Kumpel. Eine vollschlanke Mitvierzigerin, fast immer in blauen Denim Jeans und Funktionsshirts. Die hatte sie in allen Farben. Im Winter bunte Fleece Jacken darüber und an den Füßen meist bequeme Laufschuhe. Ihr Kollege, mit dem sie über die Feiertage das Büro teilte, war kleidungstechnisch das genaue

Gegenteil. Meist dunkler, glänzender Anzug. Dazu Weste, Krawatte, maßgeschneiderte Schuhe. Trenchcoat und breitkrempiger Hut vervollständigten das Outfit des etwas korpulenten Mannes.

Täusche ich mich oder wurde die Witwe zum Tode ihres Mannes überhaupt noch nicht befragt? Wissen Sie da was, Herr Schloderer? Über ein steifes „Sie" sind die beiden auch nach ein paar Monaten Zusammenarbeit nicht hinausgekommen. – *Keine Ahnung. Ich war in die Ermittlungen nur am Rande eingebunden. Musste mich dann mit Ihnen ja um den Mord im Asylantenheim kümmern. Nachdem Yogi und Mathilda von dem Fall abgezogen wurden. Hatterer weiß manchmal auch nicht, was er will.*

Justin war wieder zurück in Kitzingen. Er war erleichtert, dass er das Scheißbild endlich los war. Beim Schlendern durch die Altstadt kreisten seine Gedanken um Sophia. Er vermisste sie und wollte sie anrufen. Als er sich alleine einen Espresso bestellte, wurde ihm klar, dass es kein Zurück mehr gab. *Hallo, wie geht's dir? – Gut, ich bin gerade in Kitzingen, wollen wir uns treffen? – Gerne, ich sitze in einem Café am Marktplatz und gönne mir gerade einen Espresso.* Nach wenige Minuten stand sie strahlend vor ihm. Er sprang auf und nahm ihr die Daunenjacke ab. Ganz Gentleman. *Setz dich, was möchtest du trinken? – Och, ich trinke auch so ein Espressolönchen.* Beide lachten. – *Kalt heute.* Justin wusste nicht so recht, wie

162

er das Gespräch ankurbeln sollte. – *Ja eiskalt. Ich habe gehofft, dass ich dich hier treffe. Wollte aber nicht anrufen.* Verriet Sophia schüchtern. *Was hast du eigentlich diesem Ringo gebracht? – Ach das willst du gar nicht wissen. Ich bin jedenfalls froh, dass ich es los bin. – Okay. Willst du wissen, wo ich wohne? Können vorher eine Brückenrunde laufen – Gerne, was heißt Brückenrunde? – Das ist in Kitzingen eine klassische Runde, die viele Menschen gehen, wenn sie einen Spaziergang machen. Von hier aus würde ich vorschlagen, dass wir erst Richtung Südbrücke laufen, diese dann überqueren, dann auf der anderen Mainseite bis zur Nordbrücke und dann sind wir auch schon fast bei meinem kleinen Häuschen angelangt. Heute ist übrigens der kürzeste Tag des Jahres. Zur Wintersonnenwende hat die Erde auf ihrer Bahn um die Sonne den Punkt erreicht, ab dem sich die Nordhalbkugel wieder stärker der Sonne zuwendet. Heuer geschieht das eben heute um genau 16.58 Uhr. – Was du alles weißt! – Hast du das nicht gewusst? Ich hab's heute früh im Morgenmagazin im Fernsehen gesehen.* Sagte er lachend, worauf auch Sophia lachen musste. *Bedienung, bitte zahlen! – Ich zahle aber selber. – Zu spät!* Justin hatte bereits einen Zehner hingeworfen – *Passt so! – Vier Euro Trinkgeld hast du es so dicke?* Justin lachte. *Andiamo Madame.*

Bevor sie losmarschierten, trugen sie sich noch in die Unterschriftenliste an einem Stand am Marktplatz ein. Es dreht sich dabei um geplante Monsterbauten auf dem Schützengelände am Steigweg. Die Anwohner – und nicht nur die – sind erbost darüber. Der Stadtrat hat zwar schon zugestimmt. Aber auch der kennt den Investor nicht. Seltsame Geschichte.

Beim Spaziergang am Main sprachen beide darüber, dass sie sich um einen Booster-Termin kümmern sollten. Das ständige Testen, auch wenn man nur einen Espresso trinken will, ist doch ziemlich nervig.

Ringo hatte Kontakt mit dem auftraggebenden Sammler aufgenommen. Morgen soll der Deal stattfinden. Peggy war eingeweiht. Die beiden verstanden sich gut. Auch Ringo wollte nie mehr weg von der Ranch, wie er das einsam gelegene Anwesen nannte. Mehr als 150 000 Euro wollte der Sammler nicht bezahlen. Dazu noch fünf Krüger Rand.

Als sie Justins geheizte Wohnung betraten, bizzelte es auf ihrer Haut. Als die Jacken am Haken hingen, fasste Sophia allen Mut zusammen und zog „Ihren" Justin zu sich und gab ihm einen leidenschaftlichen Kuss. Ihr Feuer brannte. Berauscht von den Küssen war sie bereit für ungezügelte Liebe mit ihm. Sie rissen sich die Kleider vom Leib und liebten sich überschwänglich. Das Liebesspiel dauerte über zwei Stunden. Dann lagen sie schwitzend mehr aufeinander als nebeneinander schweigend im Bett. Sophia fiel, bei geschlossenen Augen, ein altes Sprichwort ein. *Je stiller du bist, desto mehr kannst du hören.* Justin schien zu schlafen. Seine wunderbare Aura verzauberte Sophia, die sich Tee trinkend auf die Fensterbank setzte und den letzten Blättern der Bäume im nahen Deusterpark beim Herumwirbeln zusah. *Leidenschaft heißt Leiden, und das lässt sich nicht vermeiden.* Klingt aus der Bluetooth-Box.

Vera Dusch machte sich nach Etwashausen auf. Das Wetter am Tag der Wintersonnenwende könnte nicht schöner sein. Im Autoradio Feliz Navidad von Jose Feliciano. Das schmucke Anwesen konnte man nicht übersehen. Die Kommissarin klingelte, eine Nachbarin rief etwas Unverständliches herüber. Vera ging zu ihr aufs Nachbargrundstück und hakte nach. *Die is ned da. – Aha. Und woher wissen sie das? – Des wess mer halt. Ich muss weitermach, der Lauch wäscht sich ned von allee. – Okay, trotzdem danke.*

Harald Schloderer liest in den stündlich aktualisierten Corona Berichten, dass ein Ermittlungsteam auf der italienischen Insel Sizilien drei Menschen im Zusammenhang mit vorgetäuschten Corona-Impfungen festgenommen habe. Unter ihnen sei eine Krankenschwester, die in einem Impfzentrum gearbeitet habe und dort mehr als zehn Impfungen gegen Covid-19 simuliert habe, teilte die Staatsanwaltschaft in Palermo mit. Die Frau soll für die Fake-Immunisierung Geld genommen haben. Danach hätten die vermeintlich Geimpften das digitale Impfzertifikat erhalten, das in Italien unter anderem nötig ist, um zur Arbeit oder ins Kino gehen zu können oder auch um im Innenraum von Restaurants essen zu dürfen. *Essen gehen,* murmelte Schloderer vor sich hin. Er wandte sich zu seiner Kollegin, die gerade die Wache betrat und fragte, ob er sie zum Abendessen einladen dürfe. *Ja warum nicht, wird Zeit, dass wir das Kriegsbeil begraben. Ich dachte schon, Sie fragen nie.*

In den Apotheken herrscht Hochbetrieb. Erkältungswelle, Impfkarten und kleine Weihnachtsgeschenkli in Form von Essig, Tempotaschentücher, Handcreme und Kalender trieb die Menschen zum Rezepte einlösen und zum Kaufen anderer Wohlfühlprodukte.

Die Steigerwaldbahn soll wieder aktiviert werden und die Gottesdienste am Heiligen Abend wollen viele der bayerischen evangelischen Gemeinden im Freien abhalten.

Willst du heute Nacht hier bei mir schlafen? Nur diese Nacht, Cherie. – Okay, ich pass auf dich auf, mein Mäuschen. – Ich bin so träge. – Du bist immer träge, wenn du auf mir liegst! Lachte Justin. *Hey, lach nicht so.*

Am nächsten Morgen, Sophia hielt gerade die ersten Asanas ihrer Yoga-Stunde. Da stürmte Justin an ihr vorbei in den Hof der vier angrenzenden Häuser. Sophia schaute neugierig hinunter, was ihr Loverboy da unten treibt. Er zog die braune Bio-Tonne, die eben frisch geleert worden war, hinter sich her. *Was war das eben?* Fragte Sophia interessiert. Justin zog seine Daunenjacke aus und erklärte ihr dabei, dass der hintere Nachbar immer die Tonnen vertausche. Das ist problematisch, weil in der frostigen Zeit die Speisereste in der Tonne gerne anfrieren. Er, Justin schnipselt aus diesem Grund eine mindestens zwanzig Zentimeter dicke Schicht aus alten Karton auf den Boden der Tonne *Da kann dann nix angfrier. Verstehst?*

Kannst du mich später, nach dem Frühstück nach Hause fahren? Duschen und frische Klamotten. – Wenn du möchtest, können wir danach einen Ausflug nach Rothenburg ob der Tauber und ins kleine Dörfchen Tauberzell machen, die haben dort in der Kirche eine tolle Krippe aufgebaut.

Beim ersten Satz stockte Justin der Atem. Aber dann spürte er wieder das wahre Glück in sich hochsteigen. Der Kaffee war schnell gebrüht, Eier in die Pfanne und eckiges Brot in den Toaster. Marmelade auf den Tisch, dazu Hafermüsli aus der Tüte, Mandarinen und Hafermilch. *So mag ich das!* schwärmte Sophia. *War das auch ein Grund, wieso ich auf ältere, erfahrene Männer stand? Eigentlich ist Justin ja jünger als ich. Und wenn ich das Geld für den Scorpio nicht so dringend für die Dachrinnensanierung gebraucht hätte, dann wären wir uns nie begegnet.* Kismet. *Schön, dass du dran denkst, dass ich nichts esse, was einen eigenen Schatten wirft.* Justin fühlte sich geschmeichelt. Hier habe ich mal irgendwo gelesen: *Ich glaube nicht an das Alter. Ich glaube an Energie. Und ich*

167

lasse nicht zu, dass das Alter mein Leben bestimmt und was ich tun kann und was nicht! – Das ist ein toller Satz, Justin, hast du einen Kuli, dann schreib ich ihn mir auf. – Warte, ich schicke ich ihn dir per WhatsApp. – Danke das ist lieb.

Sophia half Justin beim Abräumen und Abspülen. Gleich passiert. Kein Ding. Jacken an und hinunter in den Hof. Zwei Bauarbeiter mühten sich dort mit Pickel und Spaten. Justin fragte erstaunt, ob die beiden nach Erdöl suchen. Sie lachten. Der eine erwiderte, dass sie hier einen neuen Internetknoten anschließen. – *Du nix Internet und Fernsehen jetzt. Hab Spaß mit Frau.* Der Sound des Scorpio erklang. Justin war gespannt, wie das Innenleben von Sophias Haus so ist. Er kannte es bisher ja nur von außen.

Auf den ersten Blick war er enttäuscht, auf den zweiten dann nicht mehr. Auf jeden Fall war er überrascht. Alle Zimmer waren abgedunkelt. Ein großer Teil der Wände war schwarz oder mit dunklem Lila gestrichen. *Warte mal kurz.* Sophia verschwand in einem Zimmer auf der rechten Seite des Flurs. Als sie nach etlichen Minuten wieder heraustrat, traute Justin seinen Augen nicht.

Seinen Augen traute auch Ringo nicht, als er am geplanten Übergabeort des Bildes mit seinem Feldstecher Gökdan Yilmaz und seine Schlägertruppe erspähte. *Fuck!* Fluchte er laut und meinte zu Peggy *Wir müssen umdrehen. Die Jungs da vorne sind zu*

168

allem entschlossen. Er riss das Steuer des Land Rovers herum, um das Auto mit einem gekonnten Stunt in die entgegengesetzte Richtung zu zirkeln. Ein schwarzer Van kommt auf sie zugerast. Peggy schreit, Ringo schleudert knapp an dem Auto mit den schwarz verglasten Scheiben vorbei. Ringo gibt Gas, er weiß, dass er im Gelände schneller ist als seine mittlerweile zwei Verfolger. Auf Straßen wäre er klar im Nachteil, darum schürt er auf den Feldwegen des Havellandes einfach weiter. *Was machen wir jetzt?* Fragte er Peggy mit einem Anflug von Angst in der Stimme. Diese verharrte in einer Schockstarre, doch plötzlich war sie hellwach und wählte eine Nummer auf ihrem Smartphone. *Enrico, du musst uns helfen! – Was los Süße? – Zehn durchgeknallte Türken sind hinter uns her. – Wo seid ihr? – Ich denke in der Gegend von Wulkow auf irgendeinem Feldweg. – Gib mal Zabakuck in euren Navi ein und fahrt dorthin. Ich trommle ein paar Jungs zusammen. Wir treffen uns in *Draufschlagenthin. Haben die Waffen? – Kann sein, wollen meinen Ringo mächtig an die Wäsche. – *O gable lau beim Bleck, wir hauen die Burschen weg! – Also bis dann.* Ringo gab Gas. *Was hat er gesagt? Ich habe kein Wort verstanden. – Musst du auch nicht mein Kleiner. Wird alles gut.* Peggy war plötzlich wieder voll da. Sie griff ins Handschuhfach und holte einen großkalibrigen Trommel-Revolver, ihres verstorbenen Ricos heraus. *Okay let's go!*
Nach einer guten Stunde Verfolgungsjagd waren sie in Draufschlagenthin angekommen. Besser gesagt, auf einem Bauernhof etwas außerhalb. Ein Mann

winkte. Es war Enrico. *Auf ihn ist halt Verlass.* Ringo lenkte den in die Einfahrt. Die Verfolger waren ihnen immer noch dicht auf den Fersen. Sie hatten höchstens zwanzig Sekunden Vorsprung. Sie rannten zu Enrico. – *Die müssen gleich hier sein. – Wir sind bereit.* Peggy und Ringo drehten sich nach rechts und staunten. Autoreifen quietschten. – *Sie kommen, gleich geht's los.*

Los ging es auch bei Justin. Aber nicht so wie bei Ringo in Sachsen-Anhalt. Sophia hatte sich in ein schwarzes Hammer of Dome T-Shirt geschmissen, dazu eine schwarze Jogginghose. Komm wir machen es uns gemütlich. Justin war sprachlos. Das Zimmer, in das ihn Sophia an den Händen führte, war dunkel gestrichen. Sie drückte ein paar Knöpfe. Ozzy Osbournes Stimme erklang. Black Sabbath vom Feinsten, dazu eine Lightshow an der Wand, die das Zimmer im Wechsel verdunkelte und dann wieder erhellte – *Was willst du trinken?*

In Volkach wurde heute Nacht Eiswein gelesen. Mit -8 Grad war es ausreichend kalt.

Eine eisige Überraschung erlebten auch Gökdan Yilmaz und seine Komplizen. In Gedanken triumphierte der Mann aus der Kitzinger Unterwelt schon, als er den verlassenen Land Rover und die zwei flüchtenden Personen erblickte. Aber nur Sekundenbruchteile später holte ihn die bittere Realität ein. Ein Salve

Schüsse ließ mit lautem Knall die Luft aus den Reifen der beiden Fahrzeuge entweichen. Dann stürmte eine wilde Horde Männer mit Geschrei auf die beiden Fahrzeuge los. Einige der Insassen wollten flüchten, aber keine Chance. Es sah so aus, als ob das ganze Dorf in Aufruhr war. Yilmaz und seine vier Kollegen wurden von den Männern zuerst verprügelt und dann zu einem Polizisten geschleppt. *Hier unterschreiben!* War der einzige Satz, den der Mann im Staatsdienst von sich gab. Ängstlich unterschrieben die fünf den Zettel. Ringo und Peggy bedankten sich bei Enrico für die schnelle Hilfe. Dann stiegen sie ins Auto und fuhren zügig Richtung Heimat. Unterwegs kamen ihnen drei Polizeiautos entgegen, wohl um die fünf Gangster in Gewahrsam zu nehmen. *Läuft doch!*

Bei Sickershausen wurden ein Reh und ein Hund von einem ICE überrollt. Da wegen des Nebels der Zugführer nicht ausschließen konnte, dass es sich um einen überrollten Menschen handelte, wurde die Strecke bis in den späten Vormittag für den Verkehr gesperrt. Harald Schloderer übernahm mit Kollegen der Bundespolizei die Ermittlungen.

Ringo rief bei dem Industriellen an. *Was haben Sie sich dabei gedacht, mir diese Flachpfeifen zur Übergabe zu schicken? Die wollten mir das Bild wegnehmen und selber das Geld kassieren. Oder sehe ich das falsch? Jetzt wird's a weng teurer. – Hören Sie, die*

geforderten 250 000 sind einfach zu viel für das Ge-
mälde. Erregte sich der Mann am anderen Ende der
Leitung. *– Ja, wir hatten uns doch auf 150 000 mit
fünf Krügerrand verständigt. – Ich weiß, Yilmaz hatte
mir 75 000 angeboten. – Und das haben sie geglaubt?
wie naiv kann man sein. Wenn sie noch an dem Bild
interessiert sind, kostet es jetzt 200 000, und damit
komme ich Ihnen noch entgegen. Das Bild in Emp-
fang nehmen, tun ausschließlich Sie, und zwar alleine. – Okay, wann wollen wir den Deal machen? –
Am besten noch heute Nacht oder Morgen. – Das ist
aber sehr sportlich. – Überlegen Sie es sich. Ich habe
noch einen Kunstliebhaber aus Norwegen an der
Hand. Also ich höre von Ihnen. Ringo* drückte das Gespräch weg.

Nach einer unruhig verlaufenen Nacht gab es ein spä-
tes Frühstück. Die Sonne lachte über einem blauen
Himmel. Justin zitierte ein Gedicht *Die Sonne lacht,
der Himmel weint. Nur du und ich, aus zwei wird eins.
Die Sonne lacht, wir fühl'n uns frei. – Du bist ja ein
richtiger kleiner Poet. Komm, lass uns ein bisschen
spazieren gehen.*

Den Scorpio ließen sie in der Garage. Sie liefen auf
weichem Nadelboden, unter knorrigen Bäumen hin-
durch. Sophia fragte Justin, ob er zu ihr ziehen wolle.
*Ich muss niemanden fragen. Du, so wie es ausschaut,
auch nicht. Ich liebe dich. Wie viele Jahre haben wir
noch? Zum Überlegen zu wenig. Gib dir einen Ruck.*

172

Vergessen waren Marga, Leah und Dirk. Justin war überglücklich, dass ihn Sophia dies gefragt hat. Irgendwann wird er Sophias vierzigjährigen Sohn Aleidis kennenlernen. Er lebt in Hamburg, ist verheiratet mit Colette und hat mit ihr ebenfalls einen zehnjährigen Sohn Konradin.

Ringo wartete an dem eiskalten Nachmittag auf den Käufer des Bildes, das er in den Händen hielt. Peggy war auch dabei und hatte ihre Freundin Melisonde mitgebracht. Beide warteten im Land Rover. Auf einer Anhöhe im Fiener Bruch sollte die Übergabe vonstattengehen. *Keine Tricks, großer Meister, sonst ist das Bild für dich passé. Haben wir uns da verstanden?* Gab Ringo dem Käufer zu verstehen. Plötzlich eine Staubwolke. Ein großer Mercedes SUV kam näher. Dann ging alles sehr schnell. Ringo schmiss das Geld zu Peggy und Melisonde, die es sofort nachzählten. *Passt alles!* Der Käufer inspizierte das Bild. *Alles klar. Hat mich gefreut.* Sagte Ringo zu dem Mann der wortlos das Bild im SUV verstaute und grußlos wegfuhr. Plötzlich sah Ringo einen zweiten SUV in der Ferne, der schnell auf sie zuzukommen schien. Beide Fahrzeuge hielten kurz an. *Schlechtes Zeichen. Mädels jetzt aber schnell, wir bekommen schon wieder Besuch.* Diesmal war Ringo klar im Vorteil, nach wenigen Minuten keine Spur mehr von einem Verfolger, wenn es überhaupt einer war. Egal.

Heiliger Abend

Justin und Sophia waren am Morgen noch einkaufen. Dann kochten sie gemeinsam. Selbstgemachte Pasta, mit selbstgemachtem Pesto und Salat. Zum Nachtisch gabs Mandel-Apfelkuchen, Espresso und Limoncello. Dann liebten sich die beiden, um danach mit der Familie von Sophia zu skypen. Justin schenkte Sophia eine kostbare Smaragdkette, die er von Hermine geerbt hatte, über die sich die Beschenkte sehr freute. Justin bekam eine neue Winterjacke mit Kunstpelz an der Kapuze.

Hatterer war wieder einigermaßen genesen. Am Vormittag Spaziergang mit den Schlerets. Es war nicht mehr so kalt. Am NATO-Gate machten sie eine Pause mit heißem Tee und Keksen. Mit Genugtun erinnerte sich Hatterer, wie sie vor Kurzem hier die Räuberhöhle ausgehoben hatten. Danach gings durch den Wald wieder zurück. Weihnachtsmusik von Til Brönner. Kartoffelsalat und Brühwürstchen. Bescherung. Hatterer bekam neue Wanderstiefel, Hildie freute sich über einen goldenen Anhänger und der kleine Delcy über die großen Legobausteine. Großtante duftete nach Chanel Nr. 5. Schleret schenkte seiner Renate eine neue, sündhaft teure Bratpfanne, und er freute sich über neue Hausschuhe und neue Sitzbezüge für sein Auto. Gefeiert wurde bis in die Nacht mit Wein aus Sulzfeld und Bier aus Huppendorf.

Ringo, Peggy und Melisonde freuten sich über den neuen 3-Personen-Whirlpool, den sie sich jetzt leisten konnten. *Das ist der erste Schritt zu unserem neuen Club. Wenn die Pandemie erst einmal vorbei ist. Das wird ja nicht ewig dauern.* Sagte er und langte seinen beiden Frauen dahin, wo sie es am liebsten hatten. Das nach Lavendel duftende Wasser spritze auf.

Margas Liebhaber hatte mal wieder keine Zeit für sie, sie feierte alleine, wenn man das Feiern nennen will. Besser gesagt, sie telefonierte fast den ganzen Tag mit anderen einsamen Herzen.

Yogi und Mathilda waren ja zum Skifahren nach Österreich gefahren. Sie genossen den Tiefschnee und nicht nur den. Ihrer Liebe tat es gut.

Chanoine Muller war nach Zürich, zu ihrer Frau Lissie gefahren. In einem 5-Sterne-Restaurant genossen sie das Menü und versicherten sich gegenseitig ewige Liebe. *Wir sollten zusammenziehen. – Ja, mein Schatz. Aber jetzt lasse dir erstmal das Essen munden.*

Emilia vermisste ihren toten Liebhaber. Sie schmiedete Rachepläne. Ließ diese aber bald wieder fallen.

Leah war mit irgendeinem Macker aus einer Kneipe im Bett gelandet. Die Fünf Wodka Spielchen waren immer noch ihre große Leidenschaft.

Harald Schloderer und Vera Dusch feierten auf der Wache zusammen mit Elmar Siebenkäs und Rudi Weingart.

Marlene Rupisch trifft über Weihnachten die ganze Familie ihres Geliebten Angelo in einem abgelegenen Dorf im Westen Togos. Angelo hat zehn Geschwister, achtundzwanzig Neffen und Nichten und mittlerweile schon zehn Großneffen und Großnichten. Sie denkt langsam an eine Rückkehr nach Deutschland.

Melanie Röber spürt, dass man ihr auf die Schliche kommen wird. Jedenfalls gießt sie sich mächtig einen ein.

Recht sollte sie mit ihrem Gefühl behalten. Vera Dusch wird nach den Feiertagen bei ihr anrufen, um sie aufs Revier zu bestellen.

Am ersten Weihnachtsfeiertag regnete es in Strömen, und das den ganzen Tag. Justin und Sophia schliefen lange und blieben dann noch eine ganze Weile in den Betten. Danach zogen sie sich ihre blinkenden Weihnachtspullover an und machten sich an ein ausgiebiges Frühstück. In der Bluetooth Box lief die Longversion von Bakerstreet. Irgendwie passend zu den vielen süßen Leckereien auf dem Esszimmertisch.

Hatterers Bauspeicheldrüse sorgte für einen gewaltigen Sodbrand. *War doch ein bisschen viel,* schimpfte die besorgte Hildie. – *Geht scho wieder, brauch nur ordentlich Wasser. – Ich koch dir einen Tee.*

Trübes Wetter hat sich auch am 2. Weihnachtsfeiertag, dem Boxing Day, breit gemacht.

Vera Dusch und Harald Schloderer sind während der Feiertage auf der Wache sich wohl ‚a weng' zu nahegekommen. Jedenfalls haben sich beide mit der Omikron-Variante des Corona Virus angesteckt und daraufhin krankgemeldet. Hatterers Urlaub war damit beendet.

Auf dem Weg zur Dienststelle kam er an einer Sammelstelle für Christbäume vorbei. *Wie schnell doch alles wieder vorbei ist.* Sinnierte er. An einem Baum schaukelte noch ein pinke Christbaumkugel. Er dachte daran, dass ruby jetzt die neue Bezeichnung für pink ist. Ruby Schokolade, Ruby Tassen und Teller, ruby überall. Ein Baum hatte schon all seine Nadeln verloren. Auch einen kaputten Plastikbaum konnte Hatterer in dem Haufen entsorgter Christbäume ausmachen. Früher, so wie heute noch bei strenggläubigen Katholiken, blieb der Christbaum bis Maria Lichtmess am 2. Februar stehen, zumindest aber bis Dreikönig am 6. Januar. Naja, mittlerweile sind die gläubigen Christen in der Minderheit, was nicht zuletzt den Schweinereien ihrer Priester geschuldet ist. Kindesmissbrauch ist nun mal verabscheuungswürdig und kriminell.

Hatterer las zunächst die Berichte der Weihnachts-
zeit, um wieder auf dem Laufenden zu sein. Ein 31-
jähriger Kraftfahrer ohne Wohnsitz in Deutschland
legte an Heiligabend, gegen 12.40 Uhr, seinen Impfausweis bei einer Apotheke in der Königsberger
Straße vor. Er wollte zwei Corona-Impfungen digita-
lisieren lassen. Der Apothekerin fielen die gefälsch-
ten Chargennummern des Impfstoffes auf, weshalb
sie die Polizei verständigte. Gegenüber der Streife
räumte der Mann ein, dass er den Impfausweis mit
den falschen Impfaufklebern über das Internet erworben habe. Gegen den Mann wurde ein Ermittlungs-
verfahren wegen des Gebrauchs unrichtiger Gesund-
heitszeugnisse eingeleitet. Er musste auf Anordnung
der Staatanwaltschaft eine Sicherheitsleistung hinter-
legen. Der Impfausweis wurde sichergestellt.

Ein 28-jähriger Mann gelangte am 1. Weihnachtsfeiertag gegen 23.30 Uhr über einen offenstehenden
Schacht in die katholische Kirche in Marktsteft, wo
er die Kirchenglocken läutete. Er wurde durch einen
Zeugen bis zum Eintreffen der Polizei festgehalten.

Ein Biber wurde in Obervolkach überfahren, am
Fahrzeug entstand ein beträchtlicher Sachschaden.
Der Biber war tot, der Fahrer verärgert.

Am Samstag, gegen 23 Uhr meldeten mehrere Ver-
kehrsteilnehmer einen torkelnden Fußgänger auf der
Mainstockheimer Straße, gleich hinter dem Kreisel in
Kitzingen. Eine Streife gabelte den 68-Jährigen auf.

Da er unter Drogeneinfluss stand und sich in einer hilflosen Lage befand, verbrachte er Weihnachten in der Ausnüchterungszelle. Für einen Alkohol- bzw. Drogentest war er schlichtweg zu betrunken oder mit Drogen vollgepumpt. Bei der morgendlichen Vernehmung sagte er aus. *Erst schluckte ich die Pillen, dann schluckten die Pillen mich.* Er wurde zur Beobachtung in eine Psychiatrische Einrichtung gebracht.

Schließlich stieß Hatterer auf die Notiz von Vera Dusch, dass diese am heutigen Tag Melanie Röber verhören will. Explizit geht es um die Frage, wo sich die Frau zur Tatzeit aufgehalten habe.

Wie ein Schwamm hatte der Kriminalkommissar die neuen Infos aufgesogen. Vor allem die Notiz seiner Kollegin Vera ließ in aufhorchen. Er fackelte nicht lange, streifte sich seinen neuen Daunen-Anorak über, grüßte im Vorbeigehen ein paar Kollegen und fand sich auf dem Parkdeck, wo sein Wagen stand. Den blauen Focus hatte er erst vor wenigen Wochen rundum erneuern lassen. Neue Glühkerzen, Rußpartikel-Filter, Drucksensor, Batterie, Reifen, Kundendienst, TÜV und einiges mehr. Alles im allen fast 1900 Euro.

Im Radio wurde vor Blitzeis gewarnt, das jedoch das Maintal verschonte und nur an den Rändern zum Steigerwald auftrat. Nach zehn Minuten lenkte Hatterer den Wagen in eine Parklücke in Etwashausen. Er lief ein paar Meter. Vorbei an Gewächshäusern und an gerade überschwemmten Äckern. Etwashausen ist immer noch die verschlafene Gärtnervorstadt, wenn auch nicht mehr so sehr, wie noch vor dreißig Jahren. Ein Gruppe Jogger kam ihm auf dem Betonweg entgegen. Er sollte auch mal wieder etwas für seine Gesundheit tun. Dann stand er vor dem Haus der Röbers und klingelte. Es dauerte eine Weile, bis sich die Haustür öffnete. Melanie Röber stand mit verheultem Gesicht vor ihm. Hatterer wusste gleich, was los war und fragte, ob sie einen Anwalt hinzuziehen möchte. Frau Röber verneinte. *Ich möchte ein Geständnis ablegen.* Sie bat Hatterer ins Haus und erzählte ihm, wie sich die ganze Geschichte zugetragen hatte.

Hatterer ließ sein Aufzeichnungsgerät mitlaufen. Andere Kollegen haben für diesen Zweck eine App auf dem Smartphone, aber er war da altmodisch. Das Geständnis schien Melanie Röber zu befreien. Sie erzählte von den glücklichen Tagen am Anfang ihrer Ehe, ihre große Liebe zu ihrem Manne. Sie schwärmte von ihm und seinen Talenten. Immer wieder fiel das Wort Liebe. Sie himmelte ihn schon im Sandkasten des Kindergartens an. Mit zwanzig heiratete er sie, obwohl es noch andere Kandidatinnen gab.

Sie verzichtete seinetwegen auf eine berufliche Karriere und fügte sich in die Rolle der hingebungsvollen Hausfrau. Nach zwanzig Ehejahren schien sich alles totgelaufen zuhaben. Auch der Sex blieb aus. Ihr Mann machte auf der Karriereleiter der Stadtverwaltung einen Sprung nach oben. Immer öfter unterbrach sie schluchzend ihre Aussage. Sie heulte Rotz und Wasser. An dieser Stelle brach Hatterer die Vernehmung ab. Mittlerweile war die Betreuerin vom Psychologischen Dienst eingetroffen. Er sprach einen Hausarrest aus. Verständigte seine Chefin in Würzburg, die Staatsanwaltschaft und wartete auf eine Entscheidung der Behörden. Nach einer Stunde dann der Anruf. *Frau Melanie Röber soll zur Behandlung in* die *Psychiatrische Klinik nach Würzburg überstellt werden. Kollegen der Schutzpolizei werden den Transport übernehmen.*

Justin und Sophia machten das, was alle Verliebten tun. Am Anfang ist die Liebe am schönsten, man turtelt herum, mit Schmetterlingen im Bauch. Sie machen eine neue Liebe erst zu dem, was sie ist. Alle Zweifel machen blau. Das Beschnuppern in der Kennenlernphase, in der noch alles perfekt scheint. Der Anblick der Liebsten und sein charmantes Verhalten verzaubern die Liebenden und lassen die Herzen höherschlagen. Das Bauchkribbeln lässt eine innige Verbundenheit entstehen. Das Herz sagt, er ist der Richtige, sie macht mich glücklich! Alter spielt dabei keine Rolle. Es ist für beide nicht die erste große Liebe. Denn sie sind Veteranen on the Battlefield of Love. Doch sie wünschen sich, dass es die letzte Große Liebe wird..

Der Partner erscheint ohne Makel, geradezu perfekt. Es fällt kein falsches Wort. Justin und Sophia trugen sich bildlich gesprochen auf Händen. Sie schätzten sich glücklich, diesen einen Menschen gefunden zu haben. Später werden sie merken, dass ihr Partner*in beileibe nicht perfekt ist, erste Verstimmungen sind vorprogrammiert. Aber soweit waren die beiden noch nicht.

Das Frisch Verliebtsein wird auch bei Justin und Sophia früher oder später vergehen. Die rosarote Brille wird sich verfärben. Sobald das Kribbeln im Bauch nachlässt, werden sie erkennen, ob es für eine dauerhafte Liebesbeziehung eine Basis gibt, oder ob sich die Liebe verflüchtigt.

Wenn die Beziehung die Phase des vergänglichen Verliebtseins übersteht, dann kann das entstehen, was alle Menschen suchen: Die Große Liebe. Beide wissen, was das bedeutet. Diese Zeit dauert ein Leben lang, ist kompliziert, manchmal nervenaufreibend, mit dem Ziel, dem Kribbeln im Bauch ein Stückchen wieder näherzukommen, für eine gemeinsame Zukunft, um die Hürden des Lebens zu meistern. Justin und Sophia stehen erst am Anfang, aber es sieht gut für die beiden aus. Sie haben das alles schon einmal durchgemacht.

Kennst du Oscar Wilde? Fragte Sophia ihren Justin. – *Eigentlich nicht. – Das war ein berühmter Schriftsteller. Der schrieb, man solle so leben, dass man immer verliebt ist. Und das sei der Grund, warum man nicht heiraten sollte. Warst du schon einmal verheiratet? – Nein. Und ich habe es auch nicht vor!* Sophia zuckte unmerklich zusammen, dann sagte sie im versöhnlichen Ton, sie seien ja dafür auch schon zu alt. *Schau mer mal,* erwiderte Justin. Ob es das letzte Wort zu diesem Thema war, bleibt offen.

Einen Vorteil hatten die beiden Liebenden. Justin hatte kaum Bekannte, keine Kinder oder andere Anverwandte, denen er Rechenschaft hätte ablegen müssen. Somit blieb Sophia das Einleben in eine fremde Familie erspart. Ähnlich stand es um Sophia. Da waren zwar Sohn Aleidis, Schwiegertochter Colette und Enkel Konradin. Aber die lebten in Hamburg. Und Sophia hatte sie schon ganz am Anfang der Liebschaft eingeweiht. Tatsächlich schien Ihre Familie glücklich darüber, dass sie jemanden kennengelernt hatte, der lieb zu ihr ist und zu ihr passt. Sie hatten Sophia immer wieder angeboten, zu ihnen nach Hamburg zu ziehen. Aber Sophia konnte sich dazu nicht durchringen, es war einfach keine Option für sie.

Für Justin war Sophia bereits die vierte Liebschaft im zu Ende gehenden Jahr. Nach Marga, Dirk und Leah, jetzt Sophia. *Meine vierte Welle,* dachte er im Stillen und musste schmunzeln. Er hätte nichts gegen einen schweren Verlauf.

Justin hatte lange geschlafen. Ein Klappern weckte ihn. Er ging pinkeln. Auf dem alten, abgewetzten Badvorleger lag noch ein zusammengeknülltes weißes Feinripp-Unterhemd. Die Matte war einmal blau gewesen, das konnte man aber nur noch an einigen wenigen Stellen durchschimmern sehen. In der Dusche tropfte der Hahn. Das heiße Wasser tat ihm gut. Das Badezimmer stand unter Dampf. Er wischte mit zwei Fingern auf dem Spiegel ein Loch in den Beschlag. Darin sah er Hermine. Sie lächelte ihn an und sagte, *sie ist die Richtige*.

Nach gewalttätigen Übergriffen während einer Demonstration gegen die Corona-Maßnahmen ist es in Schweinfurt am Montagabend zu mehreren Festnahmen gekommen. Verletzt wurde unter anderem auch ein vierjähriges Kind. Die Polizei nahm acht Personen fest und leitete gegen 44 Personen ein Ordnungswidrigkeitsverfahren ein. Zunächst versammelten sich mehrere hundert friedvolle Protestler. Über Lautsprecherwagen habe die Polizei auf einzuhaltende Beschränkungen wie die Maskenpflicht hingewiesen. Beamte wurden dann aber mit Faustschlägen und Fußtritten teils mittelschwer verletzt. So stand es im Polizeibericht, den Hatterer gerade auf dem Schirm hat. Es sei notwendig gewesen, mit Schlagstöcken weitere Angriffe zu unterbinden. Beamte seien durch Versammlungsteilnehmer beleidigt und bespuckt worden, hieß es weiter im Bericht. Auch zwei Polizisten der Kitzinger Wache wurden verletzt. *Wie mich das ankotzt*. Dann die gute Nachricht für ihn. Nur einen Tag nach den teils gewalttätigen Auseinandersetzungen bei der Demonstration gegen Corona-Maßnahmen in Schweinfurt, verurteilt ein Gericht vier Menschen zu Geld- oder Bewährungsstrafen. Gegen eine Mutter, die ihr Kind mit zu den Protesten nimmt, wird Anzeige erstattet und eine Meldung beim Jugendamt eingereicht. *Geht doch, warum nicht immer so.*

Yogi und Mathilda kamen aus dem Urlaub zurück. Eigentlich wollte Yogi seinen Geburtstag feiern. Aber wegen den sich ständig ändernden Coronaregeln blickt er nicht mehr durch, was erlaubt ist und was nicht. Am Schluss sind es zehn Personen, die sich treffen dürfen, und die müssen geimpft oder geboostert sein. Ermüdet aber witzig schreibt er in den WhatsApp Gruppenchat: *Sorry wegen des ganzen Chaos zu meiner Geburtstagseinladung. Wenn ihr Kinder zeugt, dann bitte so, dass sie im Sommer geboren werden. Sie werden es euch danken.* Im Sommer ist es auch unter Corona-Bedingungen schöner und einfacher im Freien zu feiern.

Auch in Kitzingen gab es am Montagabend einen Corona Spaziergang. Hatterer und seine verfügbaren Leute mussten in Zivil mitlaufen. Etwa 200 Menschen zogen durch die Kitzinger Innenstadt, um gegen die Corona-Politik der Regierung zu demonstrieren. Viele hielten brennende Kerzen in den Händen, aber das war es auch schon an sichtbarem Protest. Die angemeldete Versammlung verlief ruhig, ohne große Aufmerksamkeit zu erregen. Polare Zeiten eben, nicht wegen der abendlichen Temperatur. Die war mit 5 Grad noch angenehm zu ertragen. Sondern wegen den festgefahrenen Fronten zwischen Impfgegnern und dem schweigenden großen Rest der Bevölkerung.

Kurz vor Silvester stellte sich bei Hatterer, wie schon öfters am Jahresende, eine Midlife-Crisis ein. Natürlich haben auch die äußeren Umstände der Corona Pandemie dazu beigetragen. Die Querdenker-Szene ging ihm gewaltig auf die Nüsse. Seine Gefühle für Hildie waren die gleichen geblieben. Doch seine Hilflosigkeit in Bezug auf ihr gemeinsames Sexleben machte ihn wütend und enttäuscht. Als er die Situation akzeptierte, wie sie war, spürte er erleichtert eine Macht über sich selbst. Mit dieser Einsicht konnte er sich jetzt selbst um seine Bedürfnisse kümmern und vergeudete keine Zeit mehr damit, Hildi aussichtslose Avancen zu machen. Was das genau bedeutete, würde man sehen. So trug sich der Hauptkommissar mit dem Gedanken, zu einer Seitensprung-Agentur Kontakt aufzunehmen. Eine Idee, die er nach wenigen Tagen beschämt wieder fallen ließ.

Justin und Sophia sind in der Mainpostille auf eine Wohnungsanzeige gestoßen, in der für eine große Dachterrassen-Wohnung im BayWa-Hochhaus Nachmieter gesucht wurden. Kurzentschlossen meldeten sie sich zu einer Besichtigung an. Um 9 Uhr am Tag vor Silvester nahmen sie die Wohnung in Augenschein. Zuerst ging es über eine Metallaußentreppe zum Untergeschoß mit dem großzügigen Eingang. Klingeln. Von der Außenkamera wurden sie erkannt und durften eintreten. Aufzug – Fehlanzeige. „Defekt" steht auf dem mit Tesafilm an die Aufzugtür gebappten Zettel. Okay. Dann endlos viele Treppenstufen hinauf in die fünfte Ebene. Die Mieter, ein frisch verheiratetes Paar erwartete sie bereits. In der Wohnung nochmal eine Treppe. Das Penthouse besteht aus einem geräumigen Wohnraum mit integrierter Küche und Glasfront, hat mehrere Zimmer, zwei Bäder und einen Abstellraum. Eingerichtet in hypermodernem Purismus. Sie betraten die großzügige Dachterrasse. Eine grandiose Aussicht über Kitzingen. Zur Linken der Falterturm, die Kirchen mit ihren Türmen, davor die Synagoge, die neue Mainbrücke, frontal das Mainpanorama, dahinter das Schwimmbad und der Schwanberg vor der aufgehenden Wintersonne. Kitzungen lag ausgebreitet vor ihnen wie die Landschaft einer Modeleisenbahn. Vom Fluss zog ein kalter Windhauch hoch und strich über ihre Gesichter. Justin zog Sophia zu sich und gab ihr einen Kuss. *Würde dir die Wohnung gefallen? – Eigentlich schon, aber lass uns nochmal darüber schlafen.* Sie verabschiedeten sich bei dem jungen Paar, das sich mit der Miete für die Wohnung finanziell übernommen hatte, und fuhren Richtung Wiesentheid zu Sophias Haus. Beide hatten alle Farbschattierungen des Lebens kennengelernt und trafen deshalb wichtige Entscheidungen weder spontan noch aus dem Bauch heraus.

In der Nacht zu Silvester wurde auf einer Baustelle in Kitzingen von Anwohnern ein Mann eingesperrt in einem Dixi-Klo entdeckt. Nachdem Elmar Siebenkäs und Rudi Weingart den Mann befreit hatten, stellte sich heraus, dass der 29-Jährige zu viel Alkohol intus hatte. Den Rest der Nacht verbrachte er zu seinem eigenen Schutz in Polizeigewahrsam. Das war eine große Lachnummer auf dem Revier, bis um Mitternacht der Mann in seine Zelle kotzte.

Mit dem neuen Pick-up, den Gökdan Yilmaz von seinem Auftraggeber als Prämie erhielt, war er auf einer der endlosen Alleen in Brandenburg unterwegs. Da passierte er plötzlich einen gut getarnten Blitzer. Er fackelte nicht lange, hielt an und schmiss das Blitzgerät kurzerhand auf die Ladefläche. Dumm nur, dass er dabei beobachtet wurde. Die Polizei wurde verständigt, und nach zehn gefahrenen Kilometern wurde er auf der Landstraße von einer Streife gestoppt. Nach dem Abgleich mit dem Zentralregister stellte sich heraus, dass es sich um einen zur Fahndung ausgeschrieben Straftäter handelt. Als Ironie des Schicksals stellte sich beim Sichten der Radarbilder heraus, dass Gökdans Pick-up gar nicht geblitzt worden war.

Hatterer war zufrieden, als man ihm mitteilte, dass Gökdan Yilmaz festgesetzt wurde. *Dann wird sich endlich alles aufklären,* sagte er in unterkühltem Ton zu Yogi. – *Lies mal vor!* Mathilda gab Hatterer und ihm ihr Smartphone mit einem markierten Text. Das ist eine richtig geile Aktion. Hatterer zitierte: *Vor Weihnachten fand in Ebern, einer Stadt in den Haßbergen, eine unangemeldete Demonstration gegen die Corona-Maßnahmen und -Verordnungen statt.*

Am Mittwochabend war es erneut so weit. Über sozi-ale Netzwerke habe es Aufrufe zu einem Abendspa-ziergang gegen die Spaltung gegeben. Um ein Zei-chen gegen beteiligte Rechtsextreme, Reichsbürger, Neonazis und Querdenker zu setzen, rief der Bürger-meister die Bürger in einem Schreiben dazu auf, ihre braunen Mülltonnen vors Haus zu stellen. Die Anwe-senden auf der Wache klatschten Beifall.

Die Darts-Weltmeisterschaft in London droht im Corona-Chaos zu versinken. Am Tag vor Silvester wurde mit Dave Chisnall schon der dritte positiv ge-testete Spieler aus dem Turnier genommen. Wenig später vermeldete auch der bereits ausgeschiedene Niederländer Danny Noppert einen positiven Befund.

Die Festnahme des Straftäters in Brandenburg brachte – wider Erwarten – keine Klarheit in den Kit-zinger Raubüberfall. Gökdan Yilmaz und Paul Sch-renker verweigerten nach wie vor die Aussage. Von Bodo Schilling weiterhin keine Spur. Er war wie vom Erdboden verschluckt. Den Totschlag im Affekt hat-ten sie glücklicherweise aufgeklärt, das Raubgut aus dem Museum war sichergestellt, doch das gestohlene Gemälde – der Cranach – blieb verschollen. Für die Medien gab es mittlerweile wichtigere Themen, wie die Spaziergänge der Querdenker-Szene, der russi-sche Truppenaufmarsch nahe der Ukraine und der Dauerbrenner Klimawandel. Was Hatterer und seine Crew nicht weiter störte.

Ebenfalls nicht stören wird es Hatterer, wenn seine Hildie ihn an Silvester in roter Reizwäsche empfängt. Woher dieser ‚Brauch' stammt, ist nicht eindeutig geklärt. In Südeuropa, insbesondere in Italien, tragen die Frauen in der Silvesternacht rote Dessous. Aber auch in Deutschland entdecken immer mehr diesen erotischen Kick für sich und ihren Liebsten. Schließlich stehen die meisten Männer auf Rot. So hatte sich Mathilda ebenfalls entschlossen, in der Silvesternacht rot zu tragen. Sophia hatte gestutzt, als sie in einer Frauenzeitschrift davon las. Sie hielt den ‚Brauch' für einen cleveren Werbetrick der Dessous-Industrie. Doch seitdem Justin in ihrem Bett die Nächte verbrachte, erschien ihr rote Reizwäsche als ein Musthave.

Am letzten Tag des Jahres stieg das Thermometer in Mainfranken auf 15 Grad. Es war frühlingshaft. Insekten summten und die Vögel zwitscherten um die Wette. Auf dem Kitzinger Golfplatz war sportlicher Betrieb und auf der Mainpromenade drängten sich die Menschen.

Am späten Nachmittag lasen sich Sophia und Justin, zutiefst verliebt, ihre *Liebeshoroskope gegenseitig vor.

Zuerst liest Justin das für Sophia. *Pluto und Sonne gehen im neuen Jahr eine kosmische Verbindung ein, die das Liebesleben der Krebse etwas langsam und* *mühsam machen kann. Singles müssen damit rechnen, viel Energie und Zeit in ihre Dates zu investieren, um erfolgreich zu sein. Liierte Krebse können die kosmischen Energien hingegen nutzen, um an Beziehungen zu arbeiten. Es geht für dich darum, sich dem*der Partner*in zu öffnen, um mehr Vertrauen, Tiefe und Verständnis in die Partnerschaft zu bringen. – Nicht gerade prickelnd,* resümierte Sophia. – *Okay, muss ja nichts heißen, – Ach ja, wer hat denn damit angefangen?* Jetzt las Sophia vor, mit etwas Enttäuschung in der Stimme. *Für Widder startet das Jahr 2022 mit jeder Menge Power in der Liebe, denn Mars, der herrschende Planet des Sternzeichens, steht im verwandten Feuerzeichen Schütze. Eine tolle Konstellation für Widder, denn diese hilft Singles herauszufinden, was sie in der Liebe wirklich brauchen. Gleichzeitig pusht dich der Schütze-Mars: Widder möchten ihre Beziehung voranbringen oder den nächsten Schritt mit ihrem Date gehen. Die ersten Monate stehen deshalb ganz im Zeichen der Weiterentwicklung. Achte nur darauf, den*die Partner*in nicht zu drängen oder unter Druck zu setzen. – Okay, du kannst es ja dann ausgleichen mit deiner Power.*

Schau mal, was ich für dich habe. Sophia streifte ihr Kleid vom Körper und präsentierte neckisch ihr rotes Dessous. Justin bekam große Augen und beeilte sich, aus den Klamotten zu kommen. Es wurde die schönste Nacht seines Lebens. Zumindest gefühlt.

Nach der ersten Runde im großen Bett servierte Sophia Austern und einen Liebestrank, den sie bei zunehmendem Mond extra für diese Nacht zubereitet hatte. Der Cocktail bestand aus Walderdbeeren, schwarzen Johannisbeeren, Wodka, Quitten- und Birnensaft und einigen Tropfen Orangenblütenextrakt. Der Cocktail und die Austern verfehlten ihre Wirkung nicht. Justin entpuppte sich als Liebhaber mit ganz besonderen Vorzügen. Erschöpft und glücklich schliefen sie um vier Uhr in der Frühe ein. In der Ferne waren noch vereinzelt Böller zu hören.

Auch Bodo Schilling, alias Ringo erlebte mit seinen zwei Lebensgefährtinnen Peggy und Melisonde eine anstrengende Liebesnacht. Da es keinen zubereiteten Liebestrank gab, musste er zwischendurch mit den berüchtigten blauen Pillen nachhelfen. Es war großartig, die beiden Brandenburger Ladies ließen in Dinge tun, von denen er nicht zu träumen gewagt hatte. Am Neujahrstag fühlte er sich wie gerädert, er hatte seine Meisterinnen gefunden. Das war der Stoff, aus dem Legenden entstehen.

Maraike, Bodos Ex, bereute zwischenzeitlich, dass sie ihn rausgeschmissen hatte. Schließlich war sie unsterblich in ihn verliebt gewesen. Während sie wochenlang nichts von ihm hörte, lernte sie auf der Poststelle den charmanten Hubertus Wolf kennen. Mit ihm tröstete sie sich in der Silvesternacht über den Verlust ihres Bodo hinweg. Hubertus erzählte ihr von den Leuten auf der Schwimmbadterrasse und wie sehr er sich auf den Sommer freue. *Ich war ewig nicht mehr im Freibad,* stellte sie fest, als sie in seinen Armen lag, *aber ich freue mich auf die nächste Badesaison mit dir. Das wird bestimmt wunderschön.* So verschwand Bodo aus ihren Gedanken. Es schmeichelte Mareike, als in der Adventszeit Hubertus täglich auf der Poststelle aufkreuzte, um einen Brief in Rosa Briefpapier aufzugeben. Er war stets an sie adressiert, sein Inhalt ein rotes Herz in immer neuen Variationen, aufgemalt auf herrlich duftendem Büttenpapier.

Im Regierungsbezirk Unterfranken kann das Einsatzgeschehen der Polizei in der Silvesternacht zum Jahreswechsel als insgesamt eher ruhig bezeichnet werden. Die Polizeibeamten meldeten rund 250 Einsätze. Sie erhielten rund 100 Mitteilungen über Ruhestörungen und das Abbrennen von Pyrotechnik. Vereinzelt kam es zu Körperverletzungsdelikten und insgesamt sechs gemeldeten Sachbeschädigungen. Zudem kam es zu insgesamt siebzehn Verkehrsunfällen, bei denen glücklicherweise niemand verletzt wurde. In Kitzingen und der näheren Umgebung gab es nur zwei Verkehrsunfälle. An Silvester, zwischen 10.30 Uhr und 10.45 Uhr, blieb vermutlich ein gestresster Paketzusteller mit seinem Kleintransporter in der Äußeren Sulzfelder Straße an einer Steinmauer hängen und beschädigte sie dabei. Der Fahrer des Kleinlasters fuhr weiter, ohne sich um den Schaden an der Mauer in

Höhe von ca. 500 Euro zu kümmern. Ein Nachbar lieferte der Polizei einen Hinweis auf das mutmaßliche Unfallfahrzeug, und an der Mauer konnten Reste gelber Farbe festgestellt werden. Doch der Unfallfahrer bleibt unbekannt. Ebenfalls an Silvester wurde in Mainsondheim ein Hydrant von einem LKW umgefahren. Der Sachschaden beläuft sich auf ca. 250 Euro.

Südafrika und die Welt haben Abschied genommen von dem früheren Erzbischof, Freiheitskämpfer und Friedensnobelpreisträger Desmond Tutu.

Für Montag hat sich die Kriminaltechnik angekündigt, um die Sachen aus dem Lost Place Nato-Gate-Bunker zu untersuchen.

Justin und Sophia hatten etwas beim Kitzinger Landratsamt abzugeben. Sie nutzten den Morgen, um unter türkisblauen Himmel ein Stück am Main entlang zu spazieren. Als es dann wieder zu regnen begann, besuchten sie ein Café am Marktplatz, um sich mit einem heißen Getränk aufzuwärmen. Justin bestellte sich einen Cappuccino, Sophia wählte Hibiskus Tee.

In der Zwischenzeit waren die Kriminaltechniker des LKA angekommen. Sie begutachteten das mutmaßliche Diebesgut akribisch, nahmen Fingerabdrücke und fotografierten die großen und kleinen Kunstschätze von verschiedenen Seiten. Danach wurde der Bunker versiegelt. Die Identifizierung der Kitzinger Exponate durch die letzte Museumsleiterin Sandra Adlerhorst erschien nur noch eine Formsache. Zwischen antiken Möbeln und Gemäldestapeln blinkte Edelmetall. Neben liturgischem Silbergerät schimmerten die goldene Ratskanne der Stadt Kitzingen und ein silbernes Ölgefäß des 17. Jahrhunderts auf Engelsfüßen. Auch die wertvolle Münzsammlung war da mit dem einmaligen Prager Silber-Groschen aus dem Mittelalter, der einen Kitzinger Gegenstempel trägt. Zuoberst auf dem Bilderstapel lag ein Gemälde der Impressionistin Berta Kaiser, ein Portrait ihres Bruders, des Karikaturisten Alfred Buchner. Dicht an dicht drängten sich kostbare Möbel, darunter ein zierliches Schwanensofa im strengen Empirestil des frühen 19. Jahrhunderts, eine verschnörkelte Rokokokommode mit feuervergoldeten Bronzeappliken und das wohl bedeutendste Stück des Museums, der wuchtige Tucherschrank aus dem 16. Jahrhundert, in dem die berühmte Paul Eber Bibel aufbewahrt wurde. Als der älteste erhaltene eingeschossige Fassadenschrank der Renaissance ist der Tucherschrank von unschätzbarem Wert. Dem kunsthistorisch versierten Chef der Kriminaltechnik, Max Obermeier, erschien angesichts all dieser Schätze die skandalumwitterte Schließung des Stadtmuseums verdächtig. Diente die mit Intrigen und politischen Verstrickungen betriebene Museumsschließung womöglich einem undurchsichtigen Plan?

Undurchsichtige Pläne auch bei den Impfgegnern und Corona-Leugnern. Da wird zum Beispiel in den Sozialen Medien behautet, das Coronavirus sei gezielt in einem Labor gezüchtet worden, die Krise von Politikern seit langem geplant oder die Maßnahmen der Bundesregierung schlicht überzogene Panikmache. Corona-Impfstoffe beeinträchtigen die Fruchtbarkeit. Impfstoffe gegen COVID-19 sind nicht sicher, weil sie zu schnell entwickelt und zugelassen wurden. Das Coronavirus ist nichts anderes als eine herkömmliche Grippe. mRNA-Impfstoffe verändern die DNA im Körper der geimpften Person. Um nur die harmlosesten Thesen zu nennen, die verbreitet werden. Ein Teil der Gesellschaft tickt aus. Trotz allem kann Hatterer ein gewisses Maß an Verständnis für die Protestierenden aufbringen. Angesichts dessen, dass sich Politiker an unseriösen Maskendeals bereichern, Pfarrer Minderjährige missbrauchen, oder korrupte Lokalpolitiker sich für halbseidene Deals abschmieren lassen. Von der großen Politik im In- und Ausland ganz zu schweigen. Die ethischen Werte bleiben auf der Strecke und die Verrohung der Gesellschaft schreitet immer weiter voran. *Wir Polizisten sitzen dann zwischen allen Stühlen und müssen unseren Kopf hinhalten.*

Das traditionelle Dreikönigsschwimmen von Randersacker nach Würzburg wurde auch in diesem Jahr wegen der Pandemie abgesagt. *Na Subber*, dachte Yogi, als er es im Lokalradio vernahm, wollte er doch mitschwimmen. 64 340 Neuinfektionen an Dreikönig, die Inzidenz steigt weiter gewaltig an.

Der serbische Tennisstar Novak Djokovic war mit einer umstrittenen medizinischen Ausnahmegenehmigung nach Australien gereist, um bei den Australien Open teilzunehmen. Die Behörden stornierten aufgrund dessen sein Visum.

In der Münchner Innenstadt standen tausende aufgehetzte Gegner der Corona-Maßnahmen tausend Polizisten gegenüber. Am Marienplatz griff die Polizei durch, um die von der Stadt untersagten Proteste aufzulösen. Es kam zu Auseinandersetzungen. Beamte setzten Schlagstock und Pfefferspray ein. Scheiß Spiel.

Justin und Sophia schliefen lange. Feiertag, jedenfalls in Bayern und Baden-Württemberg. Die Sonne lachte zum Fenster herein. Justin dachte an seine Erscheinung mit Hermine im Badezimmer. Er wusste jetzt, Sophia war die richtige. Er schlich sich in die Küche, um das Frühstück vorzubereiten. Kaffee, aufgebackene Brötchen, Vollkornbrot, Käseröschen, Marmelade und gekochte Eier. Er deckte im Wohnzimmer auf und weckte ganz zart seinen Schatz. – *Du bist so lieb.* Sie gähnte kräftig, während sie die Rollos hochzog. – *Was machen wir heute bei dem schönen, sonnigen Wetter?* Justin schenkte Kaffee ein. – *Milch habe ich vergessen.* Er spurtete in die Küche und nahm sie aus dem Kühlschrank. – *Ähm, wir könnten eine ausgiebige Spazierfahrt machen. Ich weiß auch schon wo. – Und wo? – Lass dich überraschen.*

Justin steuerte den Scorpio nach Schweinfurt auf den Parkplatz eines Einkaufszentrums. Er war zu einer außergewöhnlichen Geburtstagfeier eines Schulfreundes eingeladen, der dort seinen 60. feierte. Coronabedingt war es nicht möglich, in einer Gastwirtschaft zu feiern. Deshalb kam das Geburtstagskind auf die Idee, im Freien, in einer Ecke des großen Parkplatzes zu feiern. Es wurde gegrillt, es gab Glühwein, Silvaner, Bier vom Fass und natürlich flogen auch einige Champagnerkorken. – *Und, Überraschung geglückt? – Logo, aber du hättest deinem Schulfreund ruhig etwas mitbringen können. – Iwo, der hat genug Geld, dem fehlt es an nichts.*

Justin und Sophia lagen sich wie Teenager knutschend in den Armen und wärmten sich dabei am Feuer, das aus einem alten Ölfass loderte. Beide wussten, eine dauerhafte Partnerschaft mit erfüllender Erotik kann nur aus der Sehnsucht beider erwachsen. – *Komm lass uns fahren, ich will dich jetzt ganz für mich allein haben. – Auf Wiederschaun.* Sie verabschiedeten sich beim Gastgeber, der mittlerweile betrunken lallte. Es folgte eine Nacht bei Sophia in Wiesentheid. Am nächsten Tag wollten sie sich ein Haus in Köhler, oberhalb des Altmains ansehen.

Bei der vorläufig letzten Befragung der beiden Kunsträuber Paul Schrenker und Gökdan Yilmaz gaben die beiden an, dass Bodo Schilling der Drahtzieher des Raubzuges im Stadtmuseum gewesen sei. – *Er hatte alles genau ausgekundschaftet. Er hat eine ganze Liste der Antiquitäten und wusste genau, wo sich alles befand. Wir mussten nur noch aufladen und die Sachen im Bunker des NATO-Gates verstecken.*

Von Bodo Schilling fehlte aber weiterhin jede Spur. Der Tötungsverdacht wurde nach dem Geständnis von Melanie Röber fallengelassen.

Nach Dreikönig schneite und regnete es den ganzen Tag. Hatterer wollte eigentlich mit seiner Familie in den Bayerischen Wald fahren, um dort einige Zeit auf einem Bauernhof den Winterurlaub zu genießen. Wegen den ungünstigen Wetterprognosen stimmte der Familienrat aber gegen eine Fahrt ins Ungewisse.

Die Neuinfektionen schießen durch die Decke. Die Bundesregierung stuft rund 40 weitere Staaten als Hochrisikogebiete ein und rät von unnötigen Reisen dorthin ab. Mindestens 44 Fußball-Bundesliga-Spieler können, laut einer Sportzeitung, am Wochenende nicht spielen, weil sie in Quarantäne sind. Dazu kommt noch ein weiterer Profi, der nach einer Corona-Infektion nicht im Vollbesitz seiner geistigen Kräfte zu scheinen seid.

Insgesamt sind also fast 10 Prozent aller Bundes-
ligaspieler zum Rückrundenstart nicht einsatzfähig.
Omikron bestimmt die Schlagzeilen. Bundeskanzler
Scholz ist weiterhin für eine Impfpflicht. Der Bundestag will darüber abstimmen. Aber wann?

Am Samstag nach Dreikönig erhielten Justin und Sophia einen gemeinsamen Booster Termin bei Sophias
Hausarzt, in dessen Praxis in Wiesentheid. Der Doktor und sein Team impften auf Teufel komm raus. Unter dem Motto „Wir impfen Wiesthääd* wurden vom
6. bis 8. Januar über 600 Leute geimpft. Dabei waren
– neben Erst- und Zweitimpfungen – die meisten
Spritzen in den Oberarm Booster-Impfungen. Die
Verantwortlichen zeigten sich überaus zufrieden.
Nach 14 Tagen können Justin und Sophia auch ohne
Test wieder in ihre Lieblingsgaststätte in Prichsen-
stadt einkehren. Das Haus in Köhler war schon ver-
geben. In der nächsten Zeit werden sie erstmal in
Wiesentheid in Sophias Haus bleiben. Perspektivisch
wollen sie in das Haus in Sulzfeld einziehen, das Justin von Hermine geerbt hatte. Sophia war begeistert
von der Aussicht ins Maintal, die das Häuschen in den
Weinbergen bot. Seine beiden Häuser in der Fischergasse werden im neuen Jahr an den Immobilienmak-
ler Schwertfeger verkauft. Auf der Rückfahrt von
Sulzfeld lief im Autoradio der Kiss-Song I Was Made
For Lovin' You. Justin und Sophia sangen übermütig
mit. *Wir werden noch viel Spaß zusammen haben. –
Ja, ich freu mich so sehr auf unser gemeinsames Leben.*

Arne Hatterer und sein Team wurden von der Würzburger Staatsanwaltschaft beauftragt zu ermitteln, wer hinter dem Museumseinbruch und schlussendlich dem Diebstahl des Cranach-Gemäldes steckt. Im Moment hatten sie nicht mal einen Anfangsverdacht. Wen sie auch vernahmen, immer wurde der Raub als Alleingang von Alf Röber dargestellt. – *Ohne Bodo Schilling finden wir nichts mehr raus. Solange der auf der Flucht ist, können wir den Aktendeckel zuklappen.* Resigniert fügte Hatterer hinzu, *der Flüchtige hat sich hundertprozentig schon ins Ausland abgesetzt. Würde ich an seiner Stelle jedenfalls so machen.*

Das Rote Kreuz betreibt seit Montag, 10. Januar drei neue Stationen für Corona-Schnelltests. Getestet wird nun auch an einem Wochentag in der Mainschleifenhalle in Volkach, in der Maintalhalle in Dettelbach und am Autohof Strohofer in Geiselwind. Hintergrund ist laut Rotem Kreuz die enorme Nachfrage, die das Testzentrum in Kitzingen nicht alleine schultern kann.

Binnen einer Woche haben schon mehr als eine Viertelmillion Israelis eine vierte Corona-Impfdosis erhalten.

Der britische Premierminister Boris Johnson hat sich am Wochenende traurig gezeigt, dass es so wahnsinnig viele Corona-Tote in UK gibt. Die Zahl der Todesfälle der mittels PCR-Test bestätigten Corona-Infizierten hat die Marke von 150 000 überschritten.

In Kasachstan herrscht Chaos. Die Menschen demonstrieren gegen die Diktatur des Präsidenten Tokajew. Dieser erteilt den Schießbefehl. Mindestens 164 Demonstranten werden von Polizei und Militär getötet, tausende festgenommen. In Deutschland demonstrieren Impfgegner gegen die „Corona-Diktatur" der Regierung und ziehen in Fackelzügen zum Wohnsitz von Politikern.

Der Chef des Pharmaunternehmens Moderna hat einen Impfstoff gegen die Omikron-Variante angekündigt. In Baden-Württemberg sind 13 Bewohner eines Seniorenheims in Rastatt infolge eines Corona-Ausbruchs gestorben. Keiner der Senioren*innen habe eine Booster-Impfung gehabt, sagte ein Sprecher des dortigen Landratsamtes. Manche seien kein einziges Mal, andere ein- oder zweimal geimpft gewesen.

Der Wetterbericht verspricht für die zweite Januarwoche ruhiges Hochdruckwetter mit sonnigen Abschnitten. Argentinien leidet derweil unter einer Hitzewelle von bis zu 48 Grad. Justin ist besorgt, viele Freunde und Bekannte leben in und um Buenos Aires.

Der Vorstand der Deutschen Stiftung Patientenschutz, Eugen Brysch, hat ein Angebot einer vierten Impfdosis gegen das Coronavirus für jeden bis zum Sommer gefordert.

Querdenker und Impfgegner tarnen ihre Demonstrationen als harmlose Spaziergänge. Grölend skandieren sie „Co-ro-na-Dik-ta-tur". *In einer echten Diktatur würden sie zusammengeknüppelt, erschossen, oder inhaftiert werden. Belarus und Kasachstan machen es gerade vor. Proteste um den Protest willen,* so kam es nicht nur Arne Hatterer und seinen Kollegen vor. Organisierte Rechtsextreme lenken die Querdenker-Szene und spannen sie für ihre staatszersetzenden Ziele ein. Und das, obwohl sie nur einen kleinen Teil der Protestbewegung bilden.

Als Hatterer am Morgen des 18. Januar durch die festungsartigen Wohnanlagen des Winterleitenweges schritt, drehten sich seine Gedanken um den Auftrag, den die Staatsanwaltschaft seinem Team erteilt hatte. *Behalten sie im Auge, wie es mit dem Museumsinventar weitergeht. Es besteht die Gefahr, dass die Exponate verliehen, verschenkt oder veräußert werden. Bei einer Neueröffnung des Museums könnten viele Kunstschätze verschwunden sein.* Der Cranach bleibt verschollen und die Polizeiakten werden geschlossen. Auf Hatterer und sein Team warten neue Aufgaben. Die Pandemie geht weiter. Kein Mensch weiß, wie lange sie noch dauern wird.

Der Halbleitermangel hat den Automarkt in Europa stark schrumpfen lassen. Die Zahl der Pkw-Neuzulassungen sei im Dezember um 22,8 Prozent im Vergleich zum Vorjahresmonat auf rund 795 300 Fahrzeuge gesunken, teilte der europäische Herstellerverband ACEA in Brüssel mit. Auch eine Folge der Pandemie.

Aus Angst vor einer starken Ausbreitung der Omikron-Variante des Coronavirus vor den Olympischen Winterspielen in Peking haben die chinesischen Behörden die Desinfizierung aller im Land eingehenden internationalen Postsendungen angeordnet. China Live.

Neue Arbeit für Hatterer und sein Team. Eine Pfarrerin aus Iphofen hat Todesdrohungen erhalten, weil sie parallel zu Demonstrationen gegen Corona-Maßnahmen samstags Friedensgebete organisierte. Hatterer erhält bei den Ermittlungen Hilfe vom Staatsschutz. Es wird von zwei Morddrohungen berichtet.

Trotz aktiver Corona Fälle im Team wollen sich die deutschen Handballer vorerst nicht von der EM zurückziehen. Drei weitere Spieler wurden nachnominiert, das Spiel gegen Spanien findet wie geplant statt. Damit steigt die Zahl der aktiven Fälle in der deutschen Mannschaft auf zwölf. Bereits auf vorherige Infektionen hatte der Verband mit Nachnominierungen reagiert.

Das Impfzentrum in Kitzingen bietet ab dem 20. Januar wieder alle Impfstoffe zur freien Wahl an. Das heißt, dass auch Personen über 30 Jahren mit Biontech geimpft werden können.

Ein Gutachten zum sexuellen Missbrauch im Erzbistum München und Freising belastet die Aussagen des emeritierten Papst Benedikt XVI., der von diesen Vorgängen nichts gewusst haben wollte. Es wirft dem damaligen Erzbischof Joseph Ratzinger Fehlverhalten in vier Fällen vor.

Bodo Schilling will mit seinen zwei Ladys an die Ostsee zum Ausspannen fahren. Sonniges Wetter ist gemeldet. Er hat große Pläne, muss aber erst seine zwei Frauen davon überzeugen, und wartet auf das Ende der Pandemie. Seine Tarnung ist perfekt. Mittlerweile reichen ihm seine Haare bis auf die Schultern.

Am Frühstückstisch blätterte Großtante Petra in der Mainpostille. Das Gelesene kommentierte sie wie gewohnt auf Kölsch: *D'r Hardy Krüger dat wor noch a richtiger Kääl. Jetz sueht mer endoch nor noch Weicheier en d'r Filmen. Schade dat hä esu fröh jehimmelt es. – Tante Petra, er war 93.* Entgegnete Hatterer – D*at es endoch noch kei Ahl för esu ein richtigen Käl. em Kuntraß ze däm Ratzinger d'r se jetz endlich aan d'r Eiern han.* Hatterer lachte. Als die Großtante ihm die Zeitung reichte, stach ihm eine Überschrift ins Auge. *Schlafen unsere Ermittlungsbehörden? Der Cranach ist noch immer verschwunden. Die Polizei hat keine Spur.* Weiter unten war zu lesen, dass sich deutsche Bauern auf den Cannabis Anbau vorbereiten. Wie Bauernpräsident Joachim Rukwied einer großen deutschen Tageszeitung sagte, eignen sich die Landwirte bereits das nötige Wissen an. *Das* *ist eine hippe Kultur. Unsere Landwirte sind da durchaus offen und warten nur darauf einzusteigen.*

Ein Ende der Corona Pandemie ist nicht absehbar. Das Buch endet mit den Geschehnissen am 23. Januar 2022.

Erklärungen

Das *__Hochparterre__ ist der erste Stock in einem Gebäude, der jedoch nicht ebenerdig vom Hauseingang, sondern in der Regel über einige Stufen erreichbar ist. Das Hochparterre liegt also ein halbes Stockwerk über der Erdoberfläche anstelle eines Erdgeschosses. Unter dem Hochparterre befindet sich das Souterrain.

Der Ford **__Scorpio__ ist ein von den Ford-Werken in Köln zwischen Frühjahr 1985 und Sommer 1998 hergestellter Pkw der oberen Mittelklasse mit Hinterradantrieb. Der Scorpio wurde anfangs nur mit Fließheck angeboten. Ende 1989 kam die Stufenhecklimousine und im Frühjahr 1992 der Kombi Turnier hinzu.

*Dackel laufen verkleidet durch den Schnee beim __Sausage Dog Walk__. Wursthunde, wie die Dackel auch in England genannt werden, genießen den alljährlichen Weihnachtskostüm-Spaziergang im Londoner Hyde Park. Die Veranstaltung bringt Wursthunde und ihre Besitzer aus ganz London zu einem festlichen Spaziergang in den Hyde Park.

* __Lellerbebbel__ bezeichnet im Mainfränkischen einen Hypohonder oder zart besaiteten Mann, der trotzdem eine große Klappe hat.

*Bimberleswichtig heißt Mainfränkisch ein Mensch, der sich gerne in den Vordergrund drängt. Ein Angeber oder Wichtigtuer.

* O gable lau beim Bleck ist Rotwelsch, und bedeutet so viel wie: Ich schwöre dir beim aufgehenden Mond.

*Draufschlagenthin ist ein fiktiver Ort.

*Als lidschäftig wird im Mainfränkischen etwas bezeichnet, das alt und nur bedingt funktionstüchtig ist.

Die ***Liebeshoroskope** wurden aus einer Frauenzeitschrift entnommen.

*Dollag ist im Mainfränkischen ein ungeschickter Kerl. Wird auch als Schimpfwort verwendet.

*Die gestohlenen Exponate aus dem Städtischen Museum wurden entnommen aus dem Buch „Das Städtische Museum Kitzingen 1895 – 2020. Wissensspeicher für 1275 Jahre Stadtgeschichte" von Stephanie Falkenstein.

*Groggerbudzer ist ein despektierlicher mainfränkischer Ausdruck für einen kleinen Menschen.

*Knäuderli sind eine geräucherte Blutwurst aus Schweineblut, Speck, Schwarte, Schweinefleisch und Gewürzen. Sie zeichnet sich dadurch aus, dass sie im erkalteten Zustand schnittfähig ist. In Mainfranken sehr beliebt.

*Spinatwachtel. Eigentlich wird der Begriff umgangssprachlich und in abwertender Weise für eine schrullige ältere Frau verwendet. Bodo Schilling hatte es sich aber zu eigen gemacht, ihn gehäuft für Menschen zu verwenden, die nicht seine Klischeevorstellung entsprechen.

*Pershingrakete. Die MGM-31 Pershing, oder auch einfach Pershingrakete, war eine ballistische militärische Rakete aus der Zeit des Kalten Krieges aus US-amerikanischer Produktion. Benannt war die Feststoffrakete nach dem US-General John Joseph Pershing, der zur Zeit des Ersten Weltkriegs aktiv war.

Wiesthääd Umgangssprachlich für Wiesentheid

Epilog

Die **gestohlenen Exponate** aus dem Kitzinger Stadtmuseum wandern nach der Freigabe durch die Polizei umgehend wieder in das Museumsdepot. Das Cranach-Gemälde ‚Der Schmerzensmann' bleibt bis zum heutigen Tage verschollen. Bereits am 23.09.2021 wurde die amtliche Satzung des Stadtmuseums durch den Kitzinger Stadtrat aufgehoben. Hierdurch wird einer missbräuchlichen Verwendung des Kitzinger Kulturerbes durch Stadtverwaltung und Stadtrat Tür und Tor geöffnet, bis hin zum Verscherbeln der Exponate auf dem Antikenmarkt.

Arne Hatterer und seine Familie leben ihr Leben weiter wie bisher. Bei Großtante Petra zwickt es immer öfter an verschiedenen Stellen, aber sonst geht es ihr gut. *Es noch emme jood jejange.* Der kleine Delcy geht mittlerweile in die Vorschule des Kindergartens und Hildie und Arne sind sich wieder nähergekommen. Im Sommer wollen sie erneut Urlaub in Kroatien machen.

Yogi und Mathilda waren froh, dass sie ohne große Veränderungen durchs Leben kamen. Sie liebten sich und ihren Job bei der Polizei. Irgendwann wollen sie heiraten und ihr Leben weiterhin genießen. Reisen ist ihre große Leidenschaft.

Marlene Rupisch ist nach Deutschland zurückgekehrt. Afrika war nicht ihre Welt. In Aachen hat sie eine Security Firma gegründet und ist nach einem halben Jahr schon gut im Geschäft. Angelo trifft sie nur noch sporadisch.

Justin und Sophia heirateten im Mai und traten dann eine halbjährige Weltreise an. Man lebt nur einmal. Die Route des Kreuzfahrtschiffes: Venedig, Transfer, Venedig, Dubrovnik, Catania, Neapel, Savona, Marseille, Civitavecchia, Katakolon, Limassol, Haifa, Aqaba, Salalah, Mumbai, Mormugao, Male, Victoria, Nosi Bé, Taomasina, Saint-Denis, Port Louis, Richard's Bay, Durban, Gqeberha, Kapstadt, Walfischbai, Jamestown, Rio de Janeiro, Buenos Aires, Montevideo, Puerto Madryn, Ushuaia, Punta Arenas, Puerto Chacabuco, Puerto Montt, San Antonio, Arica, Callao, Manta, Fahrt im Panama-Kanal, Colón, Puerto Limon, Roatan, Cozumel, Fort Lauderdale, Port Canaveral, Newport, New York, Boston, Hamilton, Praia da Victoria, Ponta Delgada, Lissabon, Càdiz, Malaga, Marseille, Savona, Civitavecchia, Catania, Kotor, Bari, Venedig, Der Preis für beide knapp 40 000 Euro. Nach ihrer Rückkehr ziehen sie in das Haus in Sulzfeld. Dort leben sie hoffentlich glücklich und zufrieden. Märchen enden häufig mit dem Satz: *Und wenn sie nicht gestorben sind, dann Leben sie noch heute.* Mehr gibt es zu den beiden nicht mehr zu sagen.

Ringo, Peggy und Melisonde eröffnen mit dem Geld für das Cranach-Gemälde einen Swinger Club. Anfangs achten sie peinlich genau darauf, die amtlichen Corona-Bestimmungen einzuhalten. Nichts wäre für Ringo gefährlicher, als ins Fadenkreuz der Ordnungshüter zu geraten. Nach einem Tete-a-tete mit versteckter Kamera haben sie den verantwortlichen Chef der Behörde in der Hand. Kontrollen gibt es keine mehr. Als Ringo erfährt, dass der Fall um den Tod von Alf Röber aufgeklärt ist, atmet er auf. Er kann jetzt nur noch wegen Raubes bestraft werden. Er konsultiert einen Anwalt, der ihm rät sich zu stellen. Doch im Moment fühlt er sich bei seinen Ladies einfach zu gut.

Melanie Röbers Tat wurde im Gerichtsverfahren als minder schwerer Fall des Totschlags im Affekt eingestuft und sie wurde zu zwei Jahren Gefängnis auf Bewährung verurteilt.

Leah hat keinen Kontakt mehr zu Justin. Sie spielt ihre Wodka-Spielchen mittlerweile in Lugano im Tessin. Bei einem Gesundheits-Check-Up im kommenden Jahr wird die Ärztin bei ihr einen ausgeprägten Leberschaden feststellen. Durch ihre Saufereien und das Lotterleben setzte sie ihren Job als Lektorin aufs Spiel

Emilia findet nach einigen Monaten wieder in das Leben zurück. Sie wird keine Affäre mit einem verheirateten Mann mehr anfangen. In einer Trauer- und Witwen-Selbsthilfegruppe gibt sie ihre Erfahrungen weiter und verliebt sich Monate später in einen jüngeren Mann. Sie wagt einen Neuanfang.

Paul Schrenker und Gökdan Yilmaz verbüßen beide mehrjährige Haftstrafen in verschiedenen Haftanstalten. Yilmaz muss zudem 850 Euro Schmerzensgeld an Justin Schlüter abstottern.

In **Draufschlagenthin** freuen sich die Einwohner über zwei fast neue Schulbusse bzw. Car Sharing-Fahrzeuge, die ihnen großzügiger Weise von einem gewissen Gökdan Yilmaz überschrieben wurden.

Margas Liebhaber hat immer weniger Zeit für sie. Am Schluss, findet sie, ist es eine toxische Beziehung, und im August trennt sie sich endgültig von ihm. Er schreibt ihr, dass er das Feuer der Leidenschaft neu entfachen möchte. Doch Marga hat das Interesse an ihm verloren. Im Freibad lässt sie sich von ihren Fans hofieren. Marko cremt ihr den Rücken ein, Otmar bringt etwas Warmes zu Essen. Sie schwärmt vom selbstgebackenen Mohnkuchen, den Klemens stolz anschleppt. Alle drei machen sich Hoffnungen, aber landen wird keiner bei ihr. Wie eine Diva genießt sie die ihr entgegen gebrachte Aufmerksamkeit. Ihr Lieblingssong ist nach wie vor Vicky Leandros – Ich liebe das Leben.

Harald Schloderer schwängert **Vera Dusch**. Die Heirat findet am 2.2.22 statt. Beide freuen sich auf ihren Nachwuchs. Es wird eine Tochter. Sie wird auf den Namen Mila getauft. Im Jahr 2042 wird ihr als vierte Etwashäuser Cannabis Prinzessin das Krönchen aufgesetzt. Hatterer fällt die Aufgabe zu, neue Mitarbeiter auf der Kitzinger Wache zu begrüßen. Schloderer indes fängt mit dem Laufen an. Er kauft sich die doppelt gedämpften Laufschuhe eines Schweizer Herstellers und kommt mit dem Training immer besser zurecht. Seine Ernährung hat er mittlerweile auch umgestellt und nach einiger Zeit hat Vera festgestellt das ihr Mann neue Klamotten braucht. Zudem macht Schloderer einen Kurs für Holotropes Atmen. Das ist ein Verfahren der Psychologie zur Selbsterfahrung und Therapie. Mit Hilfe spezieller Atemtechniken und fordernder Musik soll ein Bewusstseinszustand erreicht werden, der psychische Heilungsprozesse ermöglicht. Schloderer tut es gut, anderen Menschen wiederum nicht.

Der **Industrielle aus Baden-Württemberg** hat das gestohlene Gemälde, der Kitzinger Schmerzensmann aus der Werkstatt von Lucas Cranach dem Jüngeren, seiner exklusiven Kunstsammlung im Keller seiner Villa einverleibt. Gut gesichert hinter Panzertüren erfreut es den neuen Besitzer und dient ihm als krisensichere Wertanlage.

Der **Rennradfahrer**, der an Halloween auf der Main-promenade Hermine umgefahren hatte, muss ihr post-hum 500 Euro Schmerzensgeld bezahlen. Da sie lei-der nichts mehr davon hat, legt es Justin in Hundefut-ter an.

Mike Schwertfeger hat es bis 2030 geschafft, alle er-forderlichen Häuser für sein Bauprojekt zu kaufen. Die Fischerstraße ist gesperrt und die ersten Häuser werden abgerissen. Das Chaos ist perfekt. Der Auto-verkehr wird über den neu sanierten Mainkai umge-leitet.

Justins Freund **Kraxler** ist wieder umgezogen und lebt jetzt in der Schweiz und hat einen Zugbegleiter-job beim Glacier Express angenommen. Der Schmal-spurzug mit Meterspur verbindet St. Moritz mit Zer-matt.

Das **Stadtmuseum Kitzingen** bleibt weiterhin ge-schlossen. Für was die verbliebenen Exponate und Ausstellungsstücke einmal Verwendung finden sol-len weiß dem Schein nach niemand. Schade eigent-lich das hier ein Stück Kitzinger Kultur so einfach das Leben ausgehaucht wurde.